続・渡辺武信詩集

Watanabe Takenobu

Shichosha 現代詩文庫 *186*

JN320701

Gendaishi Bunko

思潮社

現代詩文庫　186　続・渡辺武信　目次

詩集〈過ぎゆく日々〉全篇

初期詩篇

装幀・芦澤泰偉

詩篇

詩集〈歳月の御料理〉から

蜜の味

つややかに輝く家具のカタログやグラビア刷の未来都市
　の中に
ぼくの記憶の死に場所はない
ぼくたちのつつましい快楽が死者たちのまなざしと
鋭い刃の上でつりあって一瞬静止するみじかいみじかい
　休暇から
はみだしてしまうぼくたちの長いくちづけ
あわされた唇と唇がつくる内海のやさしいかたち
それがとつぜん凍りついてきみの眼を大きくひらかせる
駆け去っていく山羊座を見送った暁の露台で
ぼくはうすれていく星々の間に昼なお眠れぬ死者の座を
　探す
ぼくたちの首都に散在する小さな食卓が祭壇のようにい
　っせいにひらかれる時
きみは見るだろうか
銀色のエッグスタンドに立つかたゆで卵の中心に
かたまらずにひそむぼくの血の一滴を

つかれはてたぼくたちの肉体は傷ついた想像力の唯一の
　すみか
恐怖を蜜の味に変える唯一の装置だ
ピンク色の象の巨大な涙に濡れて輝くぼくたちの物語を
　語りつくすため
今こそ　ぼくたちの勇気の容量を
ボクサーの肉体のように精密に計量せよ記録せよ
最高のサイコロよ幸運の脚線美よ
大好きなダイスよダイビングよダービーよ
吹けば飛ぶよな狂気の馬よ
金輪際ひきあわない軽犯罪や栄養剤よ
恋や行為はいつも重たすぎる翼のように
くりかえしぼくたちをひきもどす

はばたきながらぼくたちは沈んでいく
濃い霧が花々の間を流れて
ヒーローの死を隠す夜の表層から
血まみれのワイシャツのようにまだらな
時間の海の深みへ
ぼくたちの精巧なメロドラマのおびただしいぬけがらを
いっせいに押しつぶし満たそうとしている
超高圧の記憶の中へ

夏のうた

見る見るうちに夜は白み
見る見るうちに友だちは老いる
夏だ夏だなつかしい夏かしましい夏だ
休暇はいつも急降下する
恋や航海はどんなスカートよりもみじかい
夏休みを横切ってのびる
まぶしい記憶の砂浜に打ちあげられた
やさしいイルカやアーシュラ・アンドレスや
スイスのロビンソンのように
その眠そうなくるしそうなうれしそうな
誘惑的な熱病的な喜劇的な眼のように
ぼくは突然輝く今年の太陽を見る
太陽の下でさわやかに灼けはじめた肌を
肌の上の砂粒をゆれている生毛を見る
時をジャンプする無数の視線の超光学にとらえられたぼ
　くは
見るものとして見られるものとして
あやとりあそびのように飛び交う視線の中心にしゃがみ
　こみ
陽炎の向うの街々を見る
見る家見る家が
見る見るうちに消えていくのを見る

移動標的

はげしすぎる夢の中心へ
きみはまっすぐに歩いてきた
鏡をくぐりぬけたアリスのように
きみ自身の姿を通って奥なるほの暗い森へ
唄わぬ小鳥たちが群をなして旅人を襲う
ぼくの眠りの中へ

夕立の中で流された涙が
雨のしずくにまじりあってしまうように
ぼくたちの眼が宿す　どんな光も
降りそそぐ夏の陽射の中では見分けられない
夢見るように　と人は言うだろう　けれど
指をからみあわせて歩くぼくたちの後姿が
避暑地の午後のカラーグラビアの中に
たやすく融けこんでいく時
気づいているだろうか　きみは
ぼくたちは　すでに夢見られるものだ

はじまったばかりの愛は
ぼくたちの時代の内部を動いていく
小さな移動標的のように……

波さわぐカクテルグラスの中に
おびただしい積荷を投げ捨ててきた
タフな麻薬運搬人たちよ
なめらかな舌で　死者の言葉を引用するな
回想や海藻がぐるぐると渦巻くサルガッソ海《シー》に
朽ち果てて行く海賊船には
ぼくたちの沈黙だけがふさわしい礼砲だ

おびただしい恐怖を消費しながら
拡大しつづける飢餓の内側に
ぼくたちが抱きあって眠る時
ぼくは　記憶の騎士たちを包んだ
無数のシーツがひらかれ
ぼくの書いたすべての言葉たちが

いっせいにめざめて
きみに向って集っていくのを見る
眼のようにひらかれたその中心の空白に
ゆっくりと身を起したきみが
見知らぬ少女のように不安げに
遠くを　とても遠くを
指さすのを見る

氷柱花

眠りの沖合で黄金の鯨が横転する
風がキラキラと朝に向って吹き
街々に取りつけられた無数の唄口《マウスピース》を
汽笛のようにいっせいに鳴らす時
音楽入で陽気に老いていくぼくの未来都市
〈朝八時　きけ　いまや
ぼくの名前はネムネムチャン
ペンネンネンネン　ネムネムチャンだぞ
出張はしょっちゅうだ
新幹線は感心せん〉
きみがワイドスクリーンの大陸を
ゆっくりと横切る間だけ　ぼくは
〈泣くなよ〉
泣くよ　泣いてやるよ
泣きの涙の波立つ流れを
堂々と泳ぐコビトカバや濡れ鼠たちが完全に乾くまでに
長いシッポより長い物語をつくろう
その最初のひとくさりは　すでに
きみを星座から逆吊りする輝く鎖だ
きみの重たく垂れ下る髪が
隠してしまう夜々の中
旋回するちいさな灯を合図に
けもののように浮上する潜水ホテル
鋼鉄のロビーに徐々に集結する盲目の海兵隊
その肩に框のように支えられている寝台の群
すべてをつつむドライアイスの夜霧
咲くのも散るのも同じ花　だけど

透明な国家の氷柱の核心に
ぼくの夢は凍ったまま咲きつづける
ぼくは行くだろう
〈来いという者は不思議な者なんだ〉
タイムトンネルの柔い壁の中の
かすかな衣ずれ
それが爆発的に拡大され
ナイターの観衆のように叫びだす時
はじまってしまう永遠の映画の奈落で
くりかえし　くるしみ　くたばるのは
いつも　ぼくたちだ
ぼくたちだ！

球世界

輝くヘルメット
あるいは巨大な僧侶の頭蓋
下降する眠りの慣性によって
試される夜の球体の
危険な光芒

つややかな肩から　滑るように
伸びてくるひじの丸み
そこからくり出される細い手首の
なめらかな傾斜角
花のようにすばやくひらかれた指が
今　その上に
ゆっくりと閉じられていく
兇器に似たアイロンやナイロンストッキング
球を夢みるあらゆる曲面を
視線がくまなく覆いつくし
その中にきみを閉じこめるので
意味がくるしく生まれるためには
暴力が必要だ
背中《せな》で泣いてる唐獅子牡丹
胸でむしられる三つボタン

無数の襖は花弁のように倒れ
見ろ見ろ
死の銀河鉄道から　灯の列をつらね
寝台列車は次々と脱線する

さまざまの陶酔の軌跡が
なやましい内巻きのカールとなって
固く凝集する
完全な渦状星雲の中心から
声はあげひばりとなって垂直に逃れ
毛糸の玉を解くように
記憶の円環をほどきはじめる

歳月の御料理

改装されるある酒亭の消えていくインテリアの記憶のために

えぐりとられた夢のようにほのぐらい空の奥へ
ぼくたちの流さなかった血や涙が集まる

あのあたりで
あなたあるいはあなたがたの噛んだ小指や
噛みきれなかったスルメの足が
敏感な夜の舌と出会い
ゆっくりと味わわれる

歳月がぼくたちを問いつめ
煮つめ追いつめる
と言うのは嘘だ
歩合や気合にもみほぐされ
気分や身分が似かよってくる
それはめでたい
とは必ずしも言えない
互いに似てくることを煮て喰うことで
ぼくたちが出会ったアルコールの海に
新しい意味が波立つわけではない

問いつめるのはぼくたちだ
歳月がぼくたちに与えた広すぎる空間を

ばらばらに漂流しながら
風狂の連歌師やセンチメンタルな探偵のたどった道を
時々　ななめに横切りながら

夜々を超えてエコーする
無数の酒宴に主演した
だて男たちよ　見ろ
（退職漢の絵師はシャツから夢の中までピンク色に染り
　今　やさしい象のように眠る）
ぼくたちが交換した過剰の感情の果実は
加減され乗除され勘定されて積みあげられ
新しいカウンターをかすかに傾かせる
遠く渦まく唄うような沈黙の方へ

死の還元力や詩歌管絃は
ぼくたちのしがない仕掛のうち
にっこりと煮えきるな
まだまだ見得を切るな
時の中に
ぼくたちの亡命すべき奈落は
まだ見つからない

出発延期のブルース

鐘が鳴る　時は来た
いやつまり　時の声はところを得た
首切られた鶏はときをつくり
その血で市は栄え　土地は肥えた
出かけよう　ネムよネムネムよ
ネムネムネムの無念の念仏よ
からだの形にしわよった
シーツの平原を離れ
運命よりも長いワラジやゾウリ虫を追って
またまた旅だ股旅だ
寄りそってくる無数の眠り猫のヒゲを切り
あらゆる電話線を切断して
ひた走り行く桜並木の春霞

スモッグに煙る巨大都市のスカイラインの
一瞬のやさしさに見つめられて
暁方の新宿車庫前の枕木を一つ一つ踏んでいく
あんまり跳ねるな
なにひとつめでたいことはない
寝ても跳ねても翅は生えない
一度二度と危険に気温上昇して
三度笠の内の景気あたりに
ついに進退きわまって
壁塗りあげると
その奥で対面する母親の高笑い
ハンマー・プロだね
ヴィデオテープの中で電気的に分解されたまま
完全に乾いていく額や死体
パチパチ撥ぜているロケット砲
それでも走っているミスキーストンや
バスター・キートン　ばんざい
もう誰も眠れず
誰も　めざめられない

あらゆる出発は
文明の気泡の内の
明かるい地獄での秘めごと
それが解ったら
いや　解っちゃいなくても
現金に元気だすな
勤勉に便秘するな
汚れた海のような広大な余暇の水面から
光るカンガルーを積んだ気球を
ちょっぴり上昇させるために
必要なのはどんな空気か
どんな勇気か？

荒野の袋小路　藤田治に

I

とめどなく戸惑うな
眼玉や戸や窓を開けるな

スイッチさえひねれば
受像器の奥行だけの荒野で
無数の息子やインディアンが倒れる
電気的砂煙の中の虐殺は
カラー調整一二の三
たちまち桃色から蒼白になる
どんな単純な欲望も
色彩フィルターを逆流し
複雑怪奇な機械の回路を帰る
ではコマーシャルをどうぞ
ぴよよーん
ひとりでやるか！
みんなでやるか！
たたかいがワンラウンド済んだら
澄んだ空の下に
寸断された戦線が見えてくる
けれど
見えなくなった味方の見つけ方は
風も星も教えてくれない

たまげた駒下駄日和下駄
もう　日和見にはおそすぎる
ひとりでやるか！
みんなでやるか！
やるかやらぬかやるまいか
海豚いないかスルメイカ

2

たかが田町の巷で血迷うな
きわめて懐疑的な会議の果て
期せずして生まれた季節の仮説
東風や西風に吹かれてくたばった奴は
さいわいだ
もっとも　そこで眠りつづけていれば
のはなし
起きてりゃ順番がまわってくるので
カードやパイをすばやく並べなおしたりし
これはやってみるべきだと何度も考えて
オサムチャン　デカパンの③をください！

正確な生活の背や肩で
熱い幻影を軽々と運んできた
野送りの灯のように
とにかく　ここまでは……
決定的瞬間も念入りに栽培すれば
徹底的習慣になる
しかしまあ　これから何世紀も
住む機械に棲む気かい？
唄も読経もなしに
卑怯なゲリラとして
考えるなむしろこんがらがれ
このくらがりでこんがりと
ひとりでやるか！
みんなでやるか！
夜鷹酔ったか三鷹を見たか
閑なメダカにハマダラカ
まだらな祭をまだ待つか！

亡命幇助

数百枚の未来都市の透視図が
どうしても透視できない夜の渦の
玉虫色の輝き
その無数のはじまりのひとつが
暗い唇のようにひらくと
深々とした現在時の喉の奥に群れる
桃色の下着の娘たちの沈黙の食生活
確実に働く白い歯や黒い生理によって
目白や目黒や巨大都市が
すべての酢豚やすべたと一緒に
あっさり消化されてしまった後
空しく過熱した舌は
遠い父親の煙草臭い汗の嵐の中で
夢を燃やしつくす
生活を支えるタンカーや担架は
すばやく火薬に転化して
ダイニングキチンにキチンと詰まる

つまり
ぼくらが袋の鼠なら
あらゆる法律や能率　政府や制服は
鼠の袋だ
真剣な信玄袋の口を閉ざす長いヒモみたいに
長たらしい歴史のため
お袋にはお袋の苦労があり
鼠は寝ずに見に見に行くんだ
ミニスカートを密閉容器を
育児を家事をおみくじをなめくじを
火事だ火事だ　まず嫁さんを逃がせ
笛吹かなくても鼠は逃げる
ついでに三毛猫もライオンも
わずかの体温も　さらば　さらば
2DKいっぱいのさまざまな袋
胃袋戸袋月給袋から
去っていく雨戸や想い出や銀行券を
泣かずに見送って冷え切った時
さめきれない夢の半透膜の向うで

まだ　こっちを見ているやつが
ぼくに似ているのは
なぜだ！　なぜだ！

ある朝突然に

もちあげられる金色の舌の下に
死者のまなざしが淵をつくり
夢の流れがゆっくりと停滞する
記憶の麻薬を積み過ぎた海賊船が
未来都市の透明な空を覆って
真紅の帆を張ったまま
錨を投げる朝
停った時の中で
音もなく鐘が激しくゆれ
ぼくたちは　いっせいにめざめる
朝食のテーブルの上に輝く
半熟卵の白い殻の上に

血のような汚点が静かにひろがりはじめる

蜜月の砦

光る風の輪を七つくぐって
ぼくは総毛立ち全身を輝かせた
暗い舌の向うで夕陽はなかなか沈まず
燃える空の中で薄眼をあけた魚が
巨大な肉のひれをたらした口をひらいて
しきりに招くと
おびただしい人魚姫の屍が絵本の中から流れ出し
幾筋もの時間の潮を
あざやかに切断して吸いこまれていった
腐乱した肢体に顔だけが
眠るように美しいのを見た時
ぼくはすでに盲いていた

〈はるばる来たぜ箱詰で
逆巻く波をのりこえて
花も嵐も宇宙シャワーも
月の裏側のクレーターも
みんな見た記録した記憶した
それでもまだ　見なければならないのか
入り組んだ海岸線のような睡眠曲線を
ゆっくりとたどる
ぼくたちの寝乱れた道行を〉

どのような巧妙な眠りも
血のにじむ曙の三角洲をひろげずには
海へそそぐことはない
ぼくたちの蜜月の砦は
波打際で死と夢とに激しく洗われ
少しずつ崩れながら
夜ごと　記憶の尖端を鋭くする

ラストコーラス

切り落されたはずの
首や小指がつながっていても
嚙みしめられた唇は切れて
血がにじみつづける
きみにみつめられ
世界がかすかに麻痺する時
眠りは底の方から染まりはじめ
熱い耳に多彩な影を投げる
撮影せよ撮影せよ
桃色の寝室の外側で　しどけなく
はじまってしまった夢の総量を

〈ああぼくのハートに火をつけて
ぼくの鳩にも火をつけて
　旗も波止場も燃えあがる〉

渦巻く時の炎の中で

凍り続ける恋の視線に
ぼくの記憶の虹のすべてを
くりひろげて対抗しよう
長い長い絵巻物のような帯を
するするするする解きながら
遠ざかるきみの裸身のまぶしさ
空白なスクリーンのような白い背に
幻の昇り龍の不在の輝き
公開せよ公開せよ
生活のカプセルの外側で　はしたなく
はじまってしまった夢の裏側を

〈ああ夢も見ず　夢の水
　わたしは蜜になりました〉

深夜の委員会に泡立つ遠洋航海で
次々くたばりゆくぼくたちの
度胸のない葬列には
花も読経も余興も要らない

ただ　けたたましくラッパを鳴らし
いつも死者を歩かせろ

じゅずつなぎのジャズが
遠くから夜明けを包囲する時
傾いた鏡の上に
光の海がすばやくひろがりはじめ
マシンガンやスローガンを
なめらかに押し流す
ぼくの夜を騒がしく満たしていた
海賊やギャングたちが
年老いた情婦たちと消え去った後
すでに過熱したぼくたちの詩は
彼らの死の薄明を越えて
なお数コーラス走るだろう。

お家へ帰ろう

たかが都市ひとつ奪るために歳とったぼくたちが
十年間支払いつづけた敷金礼金権利金は
極彩色のチップに変ってつもりにつもり
今やきみの肩に崩れ落ちる
今宵はこれまで
静かにテーブルを離れて
冷たい水で顔を洗って帰ろう
ところで　お家はどこ?

血まみれの夜明けをいくつもやりすごして
死者の夢より長びいたぼくたちの物語の内部に
陥し穴や鼠穴が繁殖しはじめる
夜の生きものだけが知っているネットワークを通って
戦争よりも複雑な恋を易々と唄う古い唄が聞え
重いまぶたをあげれば
記憶のプールは点々とつらなり
時のよどみだけがつくる虹色の明かるさを

水面に照り返して
きみを誘いつづける　さあ
星々も溺れる蒼い水をくぐって
早く早く帰ろう　ベイビイ
でもお家はどこ?　お家はどこ?

幻の俠客たちが役目を終って
アンチョビーのように丸まって
行儀よく横たわる時
置き去りにされたぼくたちを襲う不意の沈黙の中で
よみがえる都市のつらなり　灯のネックレス
その中心に復位するきみの不在の輝き
早く早く帰ろう　誰にも見えないきみのお家へ
重たく湿った風の中で　まだ
昏々と眠りつづけるぼくたちの快楽の火薬庫を
のぞき見た国家はひとつもない

連続大活劇　continued next decade

時は遠い嵐を集めて早く流れ
夢はひびわれた唇を侵して
夜明けの海岸線を少し変えたが
なぜだろうか
疾走する縞馬の背のように
ゆれうごく昼と夜のつらなりの中で
皆が若くなっていく
長い休暇!

めざめるたびに
きみの白い胸に向って
まっすぐに走る光
肌に繁殖する映像の刺青
死者たちをそしてぼくをきみを
はてしなく踊らせる音楽のはじまり

水平線から湧き上る叫びの炎を

昨夜の火事のように近くに見た
鯨は入江の中で眠り
時々巨大な肉のひれをたらした口を開けて
ぼくとぼくの時間を招くようだった
濃密なスープの中に無数の人魚の屍が
泡だらけになって浮いた
深い深い皿の底の方で声は五色に分けられ
次々と発射されて窓ガラスを少し砕いた
星座へ帰れない星がきみの髪に降りそそぐ夜
ここまできたぼくたちは
もう帰れない　もう眠れない

毎朝白ウサギを追っかけて
あらま不思議！　と穴に落っこちるので
絶対に学校へたどりつけない
あげひばりが太陽の中で焼け死ぬ時
暗い堅坑を落ちつづけるこどもたち
煮え湯を呑まされた英雄たちが
憤然と親分子分栄養分を引きつれて去った後
ぼくらは今　コールドチェーンの中で
非英雄的に冷えゆく者だ
虹の密造酒が街路であげる炎もつめたいつめたい
月夜の晩に遠く来すぎた
きみの影はあんまり蒼く
きみの声はあんまり細い

遠く来すぎたニャロメ
見ろ　数滴の血に濁りはじめるワインの海に
辛くも張りわたされた言葉のワイアは
過剰な記憶の負荷に耐えきれず寸断される
いつまで唄えるのか
ぼくの少年よ　ぼくの映画よ
スクリーンは中央から裂けて
映像の染みついた華麗な破片を降らし
ぼくを花吹雪の中に置き去りにする
思わずぼくのあげた悲鳴は
ぼくの眠りもついにとどかぬ

柔かくやさしい闇の深みへ
時がゆっくりとたわんで
その長い腕の中にかかえこんだ
はるかな恋の淵へ
見る見る沈み　消えていくが
星屑と花弁にまみれて踏みとどまった
ぼくの肉体とぼくの言葉に
供養の時はまだ遠い

少数の読者のための私註

★以下に記述される事柄は本書に収められた詩篇を読むためには全く不必要であり、したがって大部分の読者にとっては、全く無用のものであろう。

蜜の味

ピンク色の象の巨大な涙

pink elephant は lavender aligater と共に酔っぱらいの見る幻覚として、アメリカのハードボイルド小説によく出てくる。

夏のうた

アーシュラ・アンドレス

一九三六年スイス生まれの肉体美を誇る映画女優。はじめイタリア映画に出演していたが、有名になったのは「００７は殺しの番号」("Dr No" 1962) でハリウッド入りしてからである。この映画の中で彼女が着衣のままびしょ濡れになり、衣服が肢体に貼りついて透きとおるばかりにそのカーヴをあらわしたシーンがこの詩句の発想源になったのではないかと思われる。

スイスのロビンソン

客船の難破で父母と四人の子供だけが南海の無人島に漂着して、ロビンソン・クルーソーのような生活をするという、ヨハン・ウィース作の少年小説。（原著は一八一四年に刊行。）少年時に、ぼくは岩波文庫版（宇多五郎訳）を愛読した。なおこの小説は「南海漂流」("Swiss Family Robinson" 1960, ケン・アナキン監督）として映画化された。

移動標的

（作品全体について）

この作品は当時の婚約者であり、後に短い結婚生活の後別離したNに捧げられたため、雑誌掲載時には—a Non ou anon. という副題が付されていた。今日の心境からして副題をとり去ったものの、このようなプライベートな感情に支えられて書かれたことによって自分のこの作品に対する評価を変える必要はないように思う。それは、ぼくがNの向こうに透視した anon.（無名なるもの）に捧げられたものとして依然として有効である。

鏡をくぐりぬけたアリスのように

ルイス・キャロル作の「不思議の国のアリス」の続篇、「鏡の国のアリス」ではアリスがマントルピースの上の鏡の中へ入りこむことから物語がはじまる。

回想や海藻がぐるぐると渦巻くサルガッソ海《シー》に

サルガッソ海は大西洋の一部のバーミューダ諸島附近、北緯二十度～三十五度の間にひろがる海域で、ここではホンダワラ類の海藻が一面に浮遊しているため、昔は船がここへ入りこむと出られなくなる魔の海として恐れられた。

氷柱花

ペンネンネン　ネムネムちゃん

こんな名前はどこにもないが、ここに反響しているのは宮沢賢治の「ペンネンネンネンネン・ネネムの日記」である。

〈来いという者は不思議な者なんだ〉

布施明の唄でヒットした「恋」（平尾昌晃作詞作曲、水島哲補作詞）の一節「恋というものは不思議なものなんだ」のアリタレーション。

コビトカバ

西アフリカに産するブタぐらいの大きさの原始的なカバで、リベリアカバとも言う。偶てい目カバ科。カバに似るが四肢が細くてやや長く、背が曲り、頭は小さく丸く、口が小さい。リベリア、ギニア、シェラ・レオーネなどの密林の水辺に単独または一対で住み、ふつうのカバのように群生することはない。昼は河岸の穴の中で眠り、夜出て茂みをくぐり歩き、泥水の中をころがるのを好む。（平凡社版「世界大百科辞典」より抄録）

球世界

背中《せな》で泣いてる唐獅子牡丹

東映やくざ映画「昭和残俠伝」シリーズで高倉健の唄う主題歌「唐獅子牡丹」（水城一狼・矢野亮作詞、水城一狼作曲）の一節。

無数の襖は花弁のように倒れ

正統やくざ映画ではヒーローが敵陣へ単身斬りこむ時、日本家屋の特徴である襖が奥へ奥へと空間をひらいていく効果が巧みにつかわれている。もちろん前記「昭和残俠伝」シリーズでもこの特徴は生かされているが、それをもっと象徴的な表現として華麗につかいこなしたのは、むしろ日活における鈴木清順の「関東無宿」（一九六二）、「刺青一代」（一九六五）などであろう。

死の銀河鉄道から

宮沢賢治の童話「銀河鉄道の夜」でカムパネルラが乗る銀河鉄道は死の世界の暗喩である。

歳月の御料理

改装されるある酒亭

これは東大久保に現存する「エコー」のこと。ぼくはここへ一九六五年頃、大学で一緒だった高瀬忠重に連れられて行ったのがきっかけで通ううちに多くの友人たち、すなわち、この詩集のブックデザインを引き受けてくれた高田修地をはじめ、相田武文、有馬宏明、岸田光悦、長谷川尭、藤井進、綿引孝司らに出会った。ここの俗悪で古ぼけたインテリアには、この友人たちと飲みあかした夜々の想い出がしみついていたが、残念なことに、一九六八年一月を期して改装され、エコーはモダンなスナック風の酒亭となった。

あなたあるいはあなたがたの嚙んだ小指や

伊東ゆかりの唄でヒットした「小指の想い出」（有馬三恵子作詞、鈴木淳作曲）の唄いだしは「あなたが嚙んだ小指が痛い」である。

退職漢の絵師は…

一九六七年末デザイナー高田修地は資生堂宣伝部をやめる決意をしていた。この年の暮、彼は年があけると取りこわされるはずの「エコー」の壁に六八年の干支（えと）のシンボルである猿を無慮数百匹描いてから安らかに酔いつぶれた。なおピンク色については「蜜の味」の註を参照されたい。

出発延期のブルース

暁方の新宿車庫前の枕木を

一九六八年五月一日（土曜日）夜、エコーで常連と午前三時までポーカーをやり、その後皆で当時はまだ通っていた東大久保から新宿へ向う都電の線路を歩いて、暁方の花園神社まで散歩した。

ハンマー・プロだね

ハンマー・プロダクションはドラキュラものをはじめ怪奇映画ばかりつくっているイギリスの映画会社。

それでも走っているミスキーストンや

ダービーに勝った後、レース中急死して悲劇の名馬と言われたキーストンの妹。デビュー以来、三戦無敗（いずれも楽に逃げ切り）で一九六八年オークスでは二番人気となったが、良いところなく惨敗した。なお、このオークスは八番人気の抽選馬ルピナスが勝ち、スズガーベラとの⑥―⑥は六七三〇円という穴であった。六八年当時、ぼくはかなり競馬に熱心であったが、ミスキーストンの逃げ方に惚れていたため、この馬券はとれなかった。

バスター・キートン　ばんざい

バスター・キートンは無声映画におけるスラップスティックの巨頭の一人。一九六六年に七〇才で歿した。

荒野の袋小路

藤田治

当時ぼくの属していた同人詩誌「凶区」のメンバーの一人。この詩のタイトル「荒野の袋小路」はロマン・ポランスキーの映画「袋小路」を藤田と一緒に見た時、彼が、こんな面白い作品なら、客を題名で釣るためにマカロニウエスタンのように「荒野の…」とつければいいのに、と言ったのに同席した一同が爆笑したことから示唆を受けている。都会にあるはずの袋小路が、突如、なぜか荒野にある、と言うのはイメージとして卓抜であるだけでなく、ポランスキーの映画に当時のぼくたちが感じたものをかなり的確に言いあてている。なお「袋小路」の一般公開はずっと遅れて一九七一年になったが、ぼくたちはこれを日経ホールにおける東和シネクラブ主催の会員制の上映で見たのである。

カラー調整一二の三

一九六八年頃から、それまで複雑だったカラーテレビの調整が自動化され、メーカーは争ってそのシステムを宣伝したが、ぼくたちはそのコマーシャルを白黒テレビで見ていた。

たかが田町の巷で

藤田治は田町駅前の公団アパートに住んでいる。この詩の書かれた当時はまだ子供もいなかったので凶区のメンバーのたまり場となり、高崎から上京してくる金井久美子・美恵子姉妹の常宿となったばかりか、独身で下宿ずまいであった天沢退二郎や高野民雄がお風呂に入りに来たりして、千恵子夫人もさぞたいへんであったろう。

これはやってみるべきだと

「やってみるべきだ」は当時の凶区のメンバーが変則ポーカーダイスをやる時の決り文句から、しだいに他の場合にも転用されてかなり流行した台詞。五個のダイスを振って、たとえば2・2・3・4・5の目が出た時、3・4・5を振り直して2の目を増やせば確実に得点するが、2の片方だけを振り直して、1か6が出ればストレートになるので当然得点が大きくなる。そこで周囲から「やってみるべきだ！」とあおられてストレートを狙うとたいてい失敗してしまう。

オサムちゃん　デカパンの③をください

オサムちゃんとは藤田治のこと。「少年サンデー」の付録に同誌連載中の赤塚不二夫のマンガ「おそ松くん」の人物を利用した「おそ松くん絵合せゲーム」というのがあり、凶区のメンバーは藤田家でこのゲームを夜を徹してやることがたびたびあった。これはマンガの人物の絵を三分した細長いカードを「家族あわせ」の要領でとりあい、完全なセットを多くつくった者が勝つという単純きわまりないゲーム。なおデカパンとはこのマンガのキャラクターの一人で夏冬ともだぶだぶの縞のパンツ一つで通しそのパンツの中から、あたかも往年のハーポ・マルクスのように、なんでも取りだして見せるおじさんである。

住む機械に棲む気かい？

「住宅は住む機械である」（ル・コルビジェ）。田町の高層公団アパートの深夜は、にぎやかな藤田家の一歩外へ出ると妙に無機的にシーンとしていてこの言葉を思いださせる。

亡命幇助

目白や目黒や巨大都市が
当時ぼくは目白に、天沢退二郎は目黒に住んでいた。

ある朝突然に
（註をつけることなし）

蜜月の砦

はるばる来たぜ箱詰で／逆巻く波をのりこえて
「はるばる来たぜ函館へ／逆巻く波をのりこえて」（「函館の女」〈星野哲郎作詞、島津伸男作曲、北島三郎唄〉）のアリタレーション。

ラストコーラス

ああぼくのハートに火をつけて
「ハートに火をつけて」は一九六七年三月に日本で発売されたアメリカのボーカル・グループ、ザ・ドアーズのＬＰの名で、その中に同名の曲も収められている。

幻の昇り龍の不在の輝き
くり返し映画化されている火野葦平の小説「花と龍」では主人公の玉井金五郎は昇り龍の、愛人のお京は降り龍の刺青を彫る。

わたしは蜜になりました
伊東ゆかりの唄でヒットした「知らなかったの」（山口あかり作詞、平尾昌晃作曲）の一節「あなたにくちづけされた夜、わたしは蜜になりました」

お家へ帰ろう
（註をつけることなし）

連続大活劇

continued next decade
サイレント時代から一九四〇年代末まで根強く存続したアメリカの連続活劇（serial）の各篇の最後の字幕 continued nextweek（次週に続く）のもじり。

毎朝白ウサギを追っかけて
ルイス・キャロルの「不思議の国のアリス」の主人公アリスはチョ

ッキのポケットから時計を出して「おや！おや！おくれっちまう！」と叫んで走っていく白ウサギを追って、ウサギの穴にとびこんでしまう。

遠く来すぎたニャロメ

ニャロメとは赤塚不二夫のマンガ「まかせて長太」に登場した猫で人語を自由に操るが、悲しいかニャ、梨（ニャシ）のことをニャシと言えないのニャ！

あとがき

本書には一九六五年から六九年までの詩作品をそれらの書かれた順序に配列して収録した。最後の作品の発表は七〇年一月にかかっているが、書かれたのは当然六九年中のことであるから、この詩集はぼくの六〇年代の詩作をしめくくるものと言ってもよいだろう。もっとも個人史から見れば、外を流れる時間の十年毎の区切りにたいした意味があるわけではない。ただ、ぼく自身も社会状況の中に身をさらしている者として、六〇年代という便宜的な呼称の期間が終っていくことに全く無意識ではいられない。今、詩集を編むにあたってあらためて読むと、最後の作品の continued next decade という言葉の中には、そうした不可避的な意識のさせられ方に対する反応が籠められているように感じられる。

この五年間にぼくは比較的寡作であったためもあって、ここに収めた十七編がこの期間に、なんらかの形で公表されたぼくの詩作品のすべてである。ついでに触れておけば、「ハードボイルド」「終りなき日曜日」「声　あるいはウィークエンド」の三篇は現代詩文庫版のぼくの詩集に「未刊詩篇から」として収録されたが、いずれも一つの詩集の形をなすためには欠かせない作品なので本書にも重複して収録することをためらわなかった。これら三篇は、この詩集の中ではじめてその本来の位置を見出すであろう。

長い私註については、その冒頭に述べたように、詩篇を読むためには全く不必要なものと考えてほしい。これらの作品が雑誌に発表された時には、このような註などつけられていなかったのだし、ぼくは、自分の詩が註に記述された事項を全く知らなくても読まれ得るだけの自立した言葉構成をもっていることについてはかなりの確信がある。だからこれらの註は、方法論的な意識で註という形式を詩作の中にとり入れた場合とは本質的に異るものであろう。しかし、詩集をまとめる時になって、作者であり今や自分の詩の読者であるぼくが、このような形の註をつけたいと考えたことは、たとえ個々の詩作品にとっては非本質的なものであっても、この詩集の性格の一面を照射するものであるかも知れない。

一九七二年三月六日　渡辺武信

（『歳月の御料理』一九七二年思潮社刊）

詩集〈蜜月・反蜜月〉全篇

夜の渦

きみのゆっくりとうごく視線がふと遠くの花に触れると　花弁はかすかにざわめき　無数の小さな鐘のようにゆれて時を告げる　夜夜の底を轟かせていっせいに走りだす野牛たち　蒼い空にむかって降りそそぐように吹き上り限りなく上昇する夢の花弁がしだいに渦を描いて集るあたりから　肉をたたき骨を砕く鈍い音が鳴り響き　しだいに高まってぼくの視線をたぐりよせる　見てはいけない　見てはいけない　けれどもうおそすぎる　しわよっていたシーツが突然フワリとふくらみ帆のように風にはためくと、視野を覆う花の渦の中心に　もうひとつの花のようにひらかれた細い井戸に　からみあいつるみあう　ぼく

たちの視線が落ちていく　暗い管の内部は闇
と同じ色をしたおびただしい血に濡れ　きみ
の枕を髪を汚し、見えない棘がきみの肩や背
を鋭く裂く　ぼくたちがもはや落ちているの
か昇っているのかさえ知らず　しだいにせば
まっていく管に囚えられて抱きあうのはこの
時　苦しい息の中で　これが数知れぬ夜々の
くりかえしであることに気づくのはこの時
しかもこの時　地平の彼方からはなおも数知
れぬ白い花弁が　夜々をくぐって集ってくる

感傷的な航海

不吉なキャビンのようなダイニングキチンに
くたばりそこないを呼び集めて
酒くみかわすのはやさしい
きくらげ　なめこおろし　なのはなづけ
うねりが高い　グラスと灰皿に気をつけろ
生き残った誰かのしけたキャビンに
曖昧な亡霊としてあらわれるのは
もっとやさしい
セロリ　エシャロット　シャンピニオン
気をつけろ　気をつけろ
テーブルが傾き　世界が傾く時
直立しているのは死人《しびと》だけだ

どこか遠くで苦し気に鳴っていたトロンボーンが
古い唄の一節を探りあてて高く響かせると
にわかに霧が晴れて
大きな瞳がひらくように
蒼い港町が全身をあらわす
迂回しろ　迂回しろ
死者を始末するまで
われわれの寄港地はない
どこの港にも心を残してこなかった者にも
まだ　時の唄口がひらいているなら

今こそ　いざ肴せんとて
ひとさし唄い候舞い候
闇の中に闇を集め
眠るものをさらに眠らせ
死に行くものを死に行かせるように

けれど教えて欲しい
ぼくたちの供養の日
はたして鳥は啼くか魚は涙するか
教えて欲しい　教えて欲しい
十年　また十年
重なりあいもつれあう蜜月と反蜜月は
時代の死の外へ解き放たれる記憶の棺を覆うべき
一枚の旗を購えるだろうか

蜜月・反蜜月　fragments

山羊座の真下で
夜の壁は次々と剝離し
冷えきったガスレンジだけを残した
しかし
運びだされたおびただしい箱や棺やトランクは
両花道に沿ってすばやく積みあげられ
なおも　しどけない道行の時を断固擁護する

・

光より早く走った
蜜の月
花の月
そして
水無月
葉月
神無月

・

夢の中でも夢の外でも
かすかな痛みによって

夜から裂けているぼくの視野に
星は生まれ　星は死ぬ

・

めぐってくる春祭にそなえて
あらかじめ殺される百人の姫君の屍のため
整列する百台の冷蔵庫の低いうなり

・

シャンデリアは砕けて
食卓を血とガラスの細片で覆うが
それでもじっと座りつづける
正装の客たち
遠く噴水はきらめき芝生は緑

・

いつも工事だ
いつも掃除だ
いつも情事だ
いつも法事だ

この小さな星の上に
せいぜい経済的に滞在しよう

・

おお
コカコーラの海に漂う
国家的興楽

・

ぼくは眠るだろう
エンドマークにむかって高揚する死を超えて
限りなく怠惰に眠るだろう

はてしなきスクリーン

円卓の下で

騎士たちの脚がどれほど出血していたか
知っているのは
血に濡れた床で眠った恋人たちだけだ

恋によって遠くを
行為によってさらに遠くを
見るものとなったぼくらの視線は
どのような盲目も許されぬまま
星ひとつない快楽の彼方を
遠く漂流しつづける

救難信号も射ちつくした
あとは　きみの血を流すだけだ

見せろ見せろ
もっと見せろ！
小娘を年増を後家さんを
本妻を先妻を
繊細な戦争を！

カメラ　スタート！
時の嵐の中でふるえている
白い肩先からまわりこんで
瞳の中にそそりたつ恐怖に
舌の先で凍っている叫びに
ズームインしろ

大列車強盗があってから
誰ひとり眠らなかった
つまり
誰ひとりめざめなかった

波打つスクリーン
波打つ南支那海
波打つジャール平原
猛烈に波打つダウ三十種平均
もっと猛烈に波打つシーツ

ああ！　ああ！
あたしゃ死ぬまでいくよ
シネマテークよ
もう昼も夜もないけれど
あしたまで　おやすみ
ヒーローよヒロインよ吸血鬼よ
雨の降るスクリーンで
突然静止する
侠客よ　姐さんよ

いくたび死を重ねても　決して
われわれの映画は終らない

Continued newt week

Continued next decade……………………………………

夢の鏡・鏡の夢

めざまし時計が　めざめさせるのは
夢の荒野のほんの一部だ
火事だ！　火事だ！
飛ぼうとして足を踏み外したぼくの半身は
そのまま　眠りより深い夢の中へ
はてしなく落ちていく
燃える呰が点々とつらなって
国家の広がりを証す闇の中
記憶は熱い風のように集り渦巻き
視線は輝き乱れる針となって
波打つ髪を編みあげてはまたほどき
その隙間を鮫の群が回游して
疲れはてた友をひとりひとり倒した
白い肩から血が重たい煙のように
ゆっくりとたなびくのを見た

ノックダウンの瞬間を

スロービデオでもう一度
こたつにもぐってぼくは
テレビを見つめ　ウイスキーをのみ
佃煮とひじきを食べた
新聞の上に油がにじみ戦場の地図を暗くした
あれははたして昨日の夢か　それともおとといの……
あわせ鏡に映る影のように
反射しあいながら殖えていく夢の夢
そのまた夢　ゆれる夢闇の夢
嫁の夢夜の梅読めない夢止められない夢は
どんな快楽の長い腕より長くつらなって遠ざかりつづけ
深々と夜の向こうに消える
十年間　身動きひとつしないのに
遠く来すぎた　遠く来すぎた
見たまえ　今　ぼくの掌で
ちいさな傷口がそっとひらく時
鏡の中では無数の傷口が
花のようにいっせいに開き
きみの眠りを覆いつくす

もう誰も眠れない
もう誰もめざめられない

予感の季節

たしかにきみは背を丸めて
花々の根もとにひそんでいた
それでなくては　季節があんなに
予感に香っていたはずがない
風はさわやかに乾いていたが
きみの呼吸はその中に
かすかな重さとなってきれぎれに飛びかい
ぼくの耳もとにさわっていった

香る風は時の眠りをゆりおこし
記憶の波騒ぐ沖合へ運び去って
犬の時、虎の時

さそりの時をつくった
見ろ　座礁した帆船の船首で
唄わずに朽ちていく人魚姫
その周囲に羽ばたき騒ぐ鷗たち

夜々をあざむいてよみがえる幻の夜明け
その金色のへりで金色の血を流し
くりかえしほろびゆく黄金騎士団
世界が引き潮のように後退する時
点々と残されたけものの屍を刺しつらぬき
樹々は芽ぶき　花々は咲き……

あとはお茶の時間　お茶の時間
眠り鼠の長いしっぽや長い長いお話より
きみのカップが受皿に触れる響きが
さらに長くいつまでも尾を引く部屋で
ドライフラワーにうすくつもった埃を見つめて
アニタ・オデイを聴いた
志ん生のLP十枚裏表を聴き

ベニショウガと青海苔を散らした
やきそばをつくってたべた
そして深々と眠った　夢も見ず　しかし
花々に刺しつらぬかれて

風がかすかな重さにふるえたのは今がはじめてではない
花咲く樹々が予感に身をふるわせたのはこれが最初ではない
めぐる季節と季節との
うまく嚙みあわないつなぎ目から
ひとつづつこぼれ落ちて
決して帰らない声たちがあり
それらの最後のあいさつを受ける時
全身を輝かせて総毛立つぼくの記憶が一瞬に透視する時の深みへ
花々はいっせいに散り　渦巻き流れ降りそそぎ
その底から巨大なピアノがせり上ってくる
唄いだすために、それとも
燃え上るために

春の夢・夢の春

流されなかった涙は
時の外へひそかにあふれ
記憶の扇状地を肥やす
白い花が咲き乱れる丘の上
陽炎をうすものようにまとって
きみは深々と眠る

どんな視線も
きみの閉ざされたまぶたの裏の
暗い春にはとどかない
夢みる風景の中で　すでに
きみによって夢見られているぼく

そんなにしあわせな眠りの中から
きみは　どうやって
帰ってくるのか

傷ついた翼

満ちてくる記憶の潮にきみが溺れていく時
閉ざされたまぶたはかすかにふるえ
ひそめられた眉の上に暗い虹が現われては消える
ほの白く浮かぶ肩のあたりを
時の鋭い歯が噛みうっすらと血がにじむと
そこから闇はうすれはじめ
星々は妖しく燃えて朝焼の中に墜ちていく
めざめなければ　めざめなければ
見ろ
眠らなかった鳥たちが
血に濡れて重たい翼をはばたかせて舞い上る
もはや遠すぎる恋を語りつづける男のためにバラードを
　書くな
朝だ　無数の鳥たちが決して翼を休めることなく
死を横切っていく朝だ

遠いめざめ

樹洩れ陽に染め分けられた裸身の上に
ゆらゆらと緑の海図が浮かび上り
満ちてくる記憶の潮は
ゆっくりときみの肩を濡らし胸を覆い
ぼくたちの座礁点を隠す

いっぱいの陽光の下で
なにひとつしなかった日曜日
陽はワイングラスの中に踊っていつまでも傾かず
葉ずれの音は潮騒のように途絶えず
空の蒼さはきみの眼の中を遠くまで流れ続け
そして　ぼくたちが
なにひとつしなかった長い午後

あらゆる恋や行為が
巨大都市の影に埋没していく時
ただ眠りの深さを測るためだけにさえ

きみのまなざしを借りなければならない
眼をひらけ
どのような盲目も許されていない
夢のまぶしさの中で眼をひらけ

〈あたしはなにひとつしなかった
リフレインしか思い出せない唄を
時々ハミングする以外には……〉

〈ぼくはなにひとつしなかった
ほどかれたきみの髪をかき分け
星々を数える以外には……〉

夢はきみのまなざしを裏切って反転し
襖のように次々と倒れていくが
倒れるたびにその奥に
もうひとつの夢をあらわにして
めざめの時を限りなくひきのばす

長い長い午後
ぼくたちはなにひとつしなかった
遠くではげしく扉をたたいているのが
ここに眠っているきみであり
その白い手から血がしたたっているのに気づくまでは

夢の荒野

あいもかわらず夜霧に煙る
二十インチのスクリーンに
娼婦たちは桃色のガーターを見せてのけぞり
暗殺者は汗をかきつつ裏切り
ヒーローは傷つきよろめいた
しかし　こうしていると聴こえるのは
きみの胸の中を　時々
ちいさな嵐のように通り過ぎていく
唄わぬ小鳥たちの羽音だけだ

洗ったばかりのきみの湿った髪
そのかすかな香りの中で
ジンを飲みながら
いつの間にか夜が更けた
今日は終ったが明日はまだ遠い
灯を消しテレビを消し
星々とその神話を消し
流れる時を消したが
すべてが消え去る時　いつも
潮のひいた後に残る屍のように
記憶の暗礁が姿を現わす

マイレディ　マイレディ
騎士たちの血に染まったきみのスカーフを
あそこに返してやれ
腕いっぱいの花々と
新しい酒びんを投げてやれ

何人の死者がぼくたちの酒宴をとりまいたか

数えてみるには幸せすぎて
そのまま深々と眠った
シーツ一枚はぐれば
荒涼としてひろがる夢の荒野に
ちいさな夕陽がくりかえし沈み
きみの白い肩をあかあかと照らした

おお　マイレディ
きみの視線が夜ごと通りすぎても
決して想い出さぬ荒野
歳月の鋭い歯に
感傷のふちかざりを食いあらされたぼくの言葉は
世界とひっそりと切れたまま　そこにとどまり
ギターをかき鳴らしても
まだ　唄いださない
まだ　唄いださない

恋の淵

突然おそるべき水圧の中でめざめる　これが
冷えすぎた夢の隠している危険な瞬間
ぼくを　そしてきみを
はてしなく踊らせる音楽のはじまり

記憶過剰の修道院で
深く学びすぎて帰らなかった無数の娘たちが
ぼくの眠りの背後で黒衣をひらき
白い足を見せていっせいに寝返りをうつ

恋の淵深く沈めた歳月が
泡立ちながら湧き上り
きみが遠く融けていった髪の渦の中に
白いうなじが霧のように流れ
その奥で　ぼくたちの奪ったすべての都市が
新しく崩壊し鐘のように鳴る
ただ時の過ぎゆくまま……と

ピアノは唄い
よろい戸が潮風にきしんだカサブランカ
ボーギーは白い背広で
さり気なくきみを見送ったが
スクリーンの枠をななめに切れて逃げても
なにひとつ過ぎゆくことのないぼくたちの街
これでいいのか　ウナセラディ東京
どう咲きゃいいのさ　このわたし

陥ちていく奈落があると信じられれば
道行もしよう見得も切ろう
しかしぼくたちの花道は
ハイウエイのように冷えきって
国家の荒野の中をどこまでも伸びるばかり
誰ひとり　その外でくたばった奴はいない

きみがのぞきこむ井戸の底に
ちいさく映っているのはきみの顔ではない
きみが思わず発した叫びに応えるかのように
駈け上ってくるのはきみの声ではない
渦巻く紅蓮の記憶に身を焼きながら
きみは　まだ
あの　声のない叫びを復習している

夢の円蓋

曙が眠りの内壁を薄桃色に染め
つめたい光をのせた風が
大きくひろがったきみの髪のおもてを
小さく波打たせて過ぎる
遠くで汽笛が鳴り
もっと遠くで爆弾がはじけ
近くで冷蔵庫が低くやさしくうなり
世界の物音がいっせいに
きみを呼びもどそうとしている
しかし脆く繊細な夢の円蓋《ドーム》を突き破って

きみがめざめるのは
もう一つの巨《おお》きな夢の中だ
そこできみの騎士は傷ついて
死の床に横たわりながら
なおも古いたたかいの唄を
なつかしいミュージカルのように唄い
きみの名を讃えつづけるだろう。

（もうお家へ帰らなければ
　もうお家へ帰らなければ）

しかしマイレディ　マイレディ
死の床を覆う不思議な光に魅せられて
振りむかぬまま夢みつづけるきみは
決して知るよしもない
きみの背後に世界は光背のようにゆらめき
渦巻き流れて焼け落ちようとしているのを
炎の中で唄も唄わず叫びもあげず
滅びていく無数の少年によって
きみがはげしく夢みられているのを

おぼえがき

この詩集には一九七〇年から一九七二年前半にわたる約二年半の間に書かれた作品を収めた。この十二篇は、前詩集の場合と同じように、その期間になんらかの形で公表された作品のすべてであり、また配列もほぼ作品が完成された順序に従っている。

小学校時代、作文の時間に早く作品を提出して外へ出て遊ぶために詩の形をしたものを書いた時期を別にすると、ぼくが現在につながる形で詩を書きはじめたのは高校三年の一九五五年のことであるが、思えばそれから十七年の歳月が過ぎ、その期間にぼくは本書を含めて六冊の詩集を持つこととなった。この間にぼくは、詩を書くことが、そして、とりわけそれを持続することが、小学校の作文の時間にやったように気軽なたのしみをもたらす才気だけで出来ることではなく、困難と苦痛を伴うことであることを否応なく感じさせられてきたようだ。と、こう書いて、すぐにこの〝困難と苦痛〟という表現の大げさな響きをあわてて打ち消したくなるのだが、それは苦しければ、たかが詩を書くことなど、すぐに止めてしまえばいいのだ、という考えの一面の真実を、ぼくはよく知っているつもりだからだ。それにもかかわらず、詩を書き続けてきたのは、やはり、書くことが、その苦痛と切り離せない麻薬のような快楽を、ぼくにもたらし続けたからであろう。このような快楽の味を知った者にとっては、詩を書くことは、もはやたかが詩を書くことではない、というのは、もう一つの不可避的な真実である。

　そういう快楽の存在を認め、いつ止めてもいいものをぼくが書き続けていたのは、誰のためでもない自分のための勝手気ままなのだというところに居直りつつ考えると、時と共に書くことの困難と苦痛が増大してきたのは、ぼくが自分の書き方を変えなかったことに、かなりのかかわりがあるように思える。もちろん短いようで長かった歳月の間に、ぼくの表現は少しづつ変化し、一種の稚さからいくらか強靭な筋肉を獲得したと思うが、それでも、ぼくは最初にぼくが漠然とではあるが、こういうものが詩だ、と思った形を――その決して見えないし触れようとすれば指先をすりぬけていくが、確実にその存在が感じられる基本的なフォームを――崩すことなく今日まできたと思う。（別の機会にも書いたように、ぼくはこの基本的フォームを日本の戦後詩の一つの黄金時代の産物である五〇年代後半の詩集群から、現在進行形の形で、一つの啓示のように与えられたのである。）同じ坑道を十七年間も掘り続けていれば、幾度か断層や落盤に出会うのが当然だが、そのたびに、ぼくは多少の迂回はしても、引き返して別の坑道を探すことはせずに、どうやら掘り進んできたのだ。こう書くと誇らし気だが、別の観点からすれば、これはぼくが方法上の自己否定を経験していないということであり、それはつまりぼくの詩作の限界を示すものでもあるだろう。しかしまた、この坑道を掘り進むことは、ぼくにとっての、苦痛と分ちがたい快楽の本質的なあり方であり、その意味で、ぼくに選択の余地はなかったのである。

　世に言うところの七〇年代に入いって、ぼくの前には、ますます硬い岩盤が露出しはじめている。前詩集「歳月の御料理」の中の詩の一つのサブタイトルであった continued next decade という言葉が、この詩集の中の一行として再び現われるが、これは言わば、ぼくの内に棲む詩の下級天使が、困難と苦痛を超えて快楽を持続させようとしてあげる苦しい叫びでもあるだろう。

前詩集を出してからの間隔は比較的短いが、それは前の詩集がその最後の作品が書かれてから、詩集の形をなすまでに種々の事情のため時を経たためであって、作者にとっては二つの詩集の間にそれらを分けるに十分な時が介在している。つまり、この詩集もまたぼくが掘り進んでいる坑道に出現する一つの屈折から次の屈折までの区間を示しつつ、自らの形を主張するものである。もともと、ぼくは一ダースという、不吉な工業製品のワンセットのような数よりも十三という、不吉なしかし謎と可能性を孕んだ数を好むので、この詩集を編むにあたって新たにもう一篇の作品を加えたかったのだが、ついに、ここに加えるのに適当な作品を書くことができなかった。これは、この詩集が十二篇の作品によって一つの詩集を形成するに足る飽和状態に達していることの傍証でもある。どうやら、ぼくはまた、一つの断層か落盤かに遭遇しつつあるらしい。ぼくはまた、この点を超えて書き続けられるであろうか。それは解らないが、ぼくの坑道の快楽の鉱脈が、まだ費いつくされていない、と感じられる限り、もう少し掘り進んで見るより他にないだろう。

一九七二年八月　　　　渡辺武信

(『蜜月・反蜜月』一九七二年山梨シルクセンター出版部刊)

詩集〈過ぎゆく日々〉全篇

熱い海へ

視界を覆って張りつめる白いシーツの表を
絶えずきらめき流れる映像に導かれ
夢遊病者のように
いくつもの屋根を歩き
いくつもの時代を超えてたどりついた暁に

風は突然鋭く起って夢枕を裂き
幻のスクリーンを一気に冷やす
渡り鳥の群は次々と到着しては息絶え
飛び散る羽毛は眠りのへりを埋めつくす

低く垂れ下った雨雲が尖光を吐きつつ
急速に移動する七〇ミリワイドの大地平線
髪ふりみだして横たわる巨大都市の黒い影

燃える輪を腰にまとって息づく女の
肩から先はとっくに闇の向うに突きぬけ
星々に撃たれて消えつつある
遠ざかっていく夢の引き潮の早さに
今　とりのこされていくのは
誰の屍か　誰の人生か

きみの細い指に
ふるえながら支えられている
こわれやすいグラスを満たすために
教えてくれ
幾百人の少年の悲しみが必要なのか
ワインの底に沈みゆく涙は
すぐに見分けがつかなくなり
ただ　異常に敏感な舌だけが
拡散する悲しみの辛さを
きれぎれに探りあてる

もしも　燃え上って中断した映画の続きのように
ぼくたちの運命の続きが見られるなら
ヒロインやヘロインを追って
ジャマイカまでキングストンまで
ネバネバランドまで
広い海熱い海を突走ろう

空駆ける帆が　重たい風のように
失った時の総量を孕んでふくれ上る時
突きだされた舌のようなへさきで
波はふたたび熱く砕け
記憶の味覚はくりかえし試されている

宴の時

もはや血の潮は遠く引いていった
視界を閉ざすのは　いつも一面の夜桜

その白さにかすむ白い顔白い肩
花弁を浮かべた盃は　手から手へ
闇をよぎってゆっくりとまわる

勝者のいないゲームの闇で
誰がよくたたかったか
誰がもっともよく敗れたか
スコアも記録も死者の前にむなしいのに
きみはそれを知ろうとするのか
なにによって　と言うより　なんのために

なにものも恋や行為を測りはしない
ただ　ぼくたちが
失った恋や途絶えた行為の深さで
世界を測るだけだ
熱い霧に覆われた海に
眠り続ける記憶の群島
それを時の中へと送り返すために
夢は夜ごと　果てしなく醒めてつらなる

宴の時はまだ続くだろう
ぼくたちの内　誰かが
自らの死線を数歩踏み越え
花に埋もれて倒れるまで
時に触れたひとつの記憶が
ついに名ざされぬまま
ひっそりと消えるまで

時の海

テディ・ウィルスンの指が
軽々と鍵盤の上をころがるように
ウィスキーは舌の上にころがり
暗がりに音はひろがり夢はむらがり
夜は深まり　更けてゆく
氷はゆっくりと融けて
アイスバケツの底に二センチばかりの

ぬるい水に変る
氷が融ける間だけ
正確に時は流れた　と言うべきだろう
しかし　時はぼくのまわりに色濃く漂い
暗がりに音はひろがり夢はむらがり
すべては決して流れ去っていかないようだった

血まみれの朝焼けを横切って
ぼくたちは走り続けた
それは　どこか遠い街いつか別の時

昼下りの金色の陽射につつまれて
ぼくたちは抱きあったまま眠った
それは　どこか別の街いつか遠い時

時は海だ
遠く残してきた難破船やその死者たちを
へだてつづける禁断の海だ
アルコールに乱され騒ぐ波の下に
大きくたわんでいる数年　数世紀
その潮に沿って黒々とした帯をなし
回游しつづける奇型の魚の群を
とらえる網はまだおろされていない

おとなしい狂気がぼくたちの智恵なら
せめて亡霊には礼節をつくし
（きみがその一人でないと誰が知ろう）
酒と塩で浄《きよ》めて時の海へ送ってやろう
おとなしい狂気が
ただひとつ残されたぼくたちの智恵なら
せめて一夜　この海に漂い
時のうねりにただ　酔おう

記憶のない都市

磨きあげられたガラスの向う
冷たく濁った空の下に

塔は次々と立ち並び
巨大都市のスカイラインを変えていく
エアコンディションの微風につつまれて
二杯目のドライ・マルティニがぬるくなる昼下り
野良猫軍団よ　今はどこに

高層レストランはささやきにゆらめいているが
逆光で表情をかげらせたきみは　黙ったまま
細い指でグラスをもてあそぶ
変りゆく風景を見つめて十年そして十年
都市一つ奪《と》れぬまま年とっていくぼくたちは
感傷の霧の中で手さぐりしつつ出会う
記憶を捨ててそびえ立つ都市の中でも　時々
ぼくたちが記憶に病んで向い合う午後がある

雨に光る高速道路を疾走する車が
死の影のようにきみの眠りを横切る
ネオンサインに染め分けられたシーツを
かたくつかんだまま肩をふるわせ
くるしげに眠るきみの
かすかに開かれた唇から吐かれる息の荒さが
ちいさな嵐となって　ちいさな寝室を満たす
夢見ることなくひろがり続ける都市の中でも　時々
ぼくたちがはげしく夢見続ける夜がある

過ぎゆく日々　葉子に

一九三三年から踊り続けた
アステアとロジャースは
しなやかにもつれあいながら唄っていた
雨に降られて閉じこめられて
ここにいるのは素敵なことだ
ここにいるのは素敵なことだ　と

蜜月に許された
華麗な音韻を踏んで
あらゆるささやきが

唄のように鳴る時の円蓋の内側に
閉じこめられたぼくたちは
果てしなく続く映画のあいまに
少しばかりワインを飲んだ
ロジャースとアステアを思って
少しばかり踊った

ぼくたちの抱擁をめぐって
ゆったりとよどんでいた時間は
不意に
輝く歯を遠くつらねて奈落を見せる
そんな夜々をわたっていくために
どんな遠くでぼくたちが出会ったか
知らずに微笑するきみの前で
記憶をギターのようにかき鳴らし
古い唄のパロディを聞かせよう
〈一晩中でも踊れたろうに〉
〈霞《かすみ》の彼方へ行かれたものを〉

窓ガラスを洗う雨を見つめて
ワインを飲んだ日曜日の午後
それが　素敵であってもなくっても
ぼくたちは　ここにいた
この世界に閉じこめられて
おとなしい病巣のように
ひっそりと座っていた。

時の鐘

歳月が恋する者の腕の中で
きらめきながら　よどむ淵をめぐり
陽射はゆっくりとまわり続け
大きな鐘の形をつくって
ぼくたちをつつんだ

昨日のように風が吹き
明日のように樹々がざわめく

しかし流れ去っていくのは
風でもなく時でもない

ぼくはきみのまなざしの中に
過ぎゆく日々の光を読み
きみのしぐさの中に
訪れようとする夜々の軌跡を読む
くちづけの味を忘れぬ舌の上で
昨夜のサラダやサラミが
食べようとする笹身やわさびと出会い
今宵　重ねたスコッチの香りが
酔いざめの水の甘さとまじり合う

ぼくたちは
少しづつ過去に生き
少しづつ未来に生き

（小さなスクリーンの中から
ボギーは昨日も明日も見過ぎた表情で
ぼくたちを見つめかえす
サム・スペードよ
いつまでも鷹を探しつづけろ
進路は北々西　いつも上天気）

鐘が大きく鳴り響く日まで　ぼくたちは
記憶と予感の間に張りわたされた
恐怖の弦をかすかにたわませて生きるだろう

見たまえ　いま　ぼくたちが
飲みほした盃の底に
星のまたたく奈落がひらけ
ぼくたちが交す言葉は
おびただしい花弁となって
吸いこまれていく

日曜日

手すりを支える細いパイプの影が
床の上に縞模様をつくり
一本　また一本と
植木鉢のふちを這い上って
バジリコの小さな芽を横切り
向うのふちから滑り落ちる

影の描く日盛を追って
一瞬　また一瞬に息を殺しても
時のかたちは見えてこない

バジリコを育て
スパゲティに混ぜて食べる
そんな計画を積分しても
夢のかたちは見えてこない

淡い陽射が
小さなヴェランダを
ゆっくりとまわっていくのを
見つめ続けて暮れた日曜日は
広すぎる夜の中に漂い
救命ブイのように
きみの肩を抱いて眠った

雨の街の恋唄

遠くへ行くときみは言ったが
ぼくたちの浅い眠りの底より
遠い場所がどこにあるのか
見たまえ　低く垂れた雲の下に
街は煙りぼくたちは眠る
今は　ひめやかな睦言を
冷えたワインに沈ませ
シーツにくるまっていよう
東京が梅雨《つゆ》なら

世界中が雨だ

都市の中に無数の部屋があるように
部屋の中にも無数の都市がある
錆びたナイフ一つを探すために
ぼくは歴史の余白にひろがる砂丘を旅し
死者の送った風紋を解読して
七つの都市を発掘した
鏡を垂直に突きぬけた翼を追って
血塗られた時を横断し
七つの奈落を垣間見た
はげしく後退する夢を集めて
眠りがすばやく飽和する時
みだらな帆の中に緋色の風がめざめる
もうおそいのに　もうおそいのに

鮮やかな沈黙に断ち切られた
予言者たちのカンタータは
輝く切断面をさらして
瞬間の墳墓をつらねているが
なぜだろう
時の鋭い歯に食い荒された
感傷の果実の細い小さな芯が
はりつめた恐怖に支えられて
白々と夜の中に浮かび
その　かすかな腐臭が
媚薬のようにぼくを酔わせる時
ぼくののどの奥に鬼火がゆれて
古い恋唄をスイングしようとする

降りつづく細《こまか》い雨は街々の舗石を洗い
指紋や呪文を消し去っていったが
おとなしい狂気をただひとつの智恵として
ぼくはここにうずくまり
梅雨《つゆ》空に血ひとすじ滲む想いを投げて
遠い記憶の尾根の向う側に
今　走りだす雪崩の音を聴く

日々幻々

あふれだそうとしてとどまる涙に
低い陽が一瞬やどり　遠く逃れていく
想い出せない記憶の翼が
心の片隅をさわがせ
すばやく去っていくように

流れゆく日々にさからい
時のよどみに身をひそめて
危い均衡に耐えていることには
なんの栄光も　そして苦痛もない
サイフォンの中で噴きこぼれるコーヒーのように
きっちりと封じこまれた欲望の泡立ちを
ガラスごしに見つめていても
一日は　たやすく過ぎていく
たとえば風にゆれるカーテンの影や
コップの中の氷のきらめきのように
生きていくことに必要なやさしさの細片を

幻影ときみが呼ぶなら
ぼくたちのはげしい夢は
たえず幻影の盃ではかられている

日を渡る

傾きはじめた陽射が
ゴブレットのふちにキラリと躍《おど》り
テーブルに散るクラッカーの破片が
一つ一つ小さな影をひく昼下り
アイスバケツの中で
氷はゆっくりと融けきり
生ぬるい白ワインの味は
舌の奥へひろがりを終える

たかがワイン一びんの海を
横断するためだけにも
ぼくたちは　確実に

一日老いる

時の潮が記憶の嵐とせめぎあう
意識の不連続線の下に
信じられぬほど穏《おだ》やかな航海を続ける
ぼくたちの幽霊船
世界のざわめきをかき分けていく
花芯のような沈黙

巨大都市のスカイラインを柔らげる
春の昼下りの陽射の中で
荒ぶる夢がなだめられ
また恋一つ眠りゆく日
かすかに香りはじめた
沈丁花の茂みの下に
隠された遠い時の露頭があり
きみの視線だけがめざめている。

首都よ眠れ

走りぬける驟雨の下
志なき首都は濡るるがままに
黒々と横たわる
ワン・レイニイ・ナイト・イン・トウキョウ
奪《と》れなかったために美しい都市よ
いまは　しどけなきままに眠りゆけ
しかし　ぼくが眠る時
眠りの深さだけ他者がめざめる
赤く咲くのは夢地獄
白く咲くのも夢地獄

十年また十年
野いちご一つ熟れることのない時の闇を
ゆっくりとかき分けていく
鏡ばりの船室《キャビン》に
見えない小鳥たちの羽音が満ち
小走りに迷路をたどるきみの

足音をかき消す

夢みながら夢の裏側をのぞきこむと
血に濡れた傷口はいまも
みだらな唇のように飢餓に輝く
なぜ　ぼくの視線は　そこに還《かえ》っていくのか
まるで癒されることをおそれるかのように

思い出は　夢の枯野を這う淡い霧に過ぎない
ソフトフォーカスに滲むきみのまなざしは
死者のように
なに一つ忘れていない　だから
思いだすこともない
記憶にぐっしょりと濡れたシーツの上で
無限の鬼ごっこを続けるぼくたちにとって
めざめつつ夢み　夢みつつめざめる他に
どんな夜があると言うのか

また一つの記憶を
恋のように眠りゆかせ
あけていく朝の
たしかさにたじろいで振り向けば
引き潮のように退《しりぞ》いていく夜のひだは
暁色の風にはためき
その向うへ走りこんでいく　きみの
白い素足が
素早い魚のように
ひるがえって消える。

プールサイド

子どもたちの歓声が去ったプールの中に
取り残されたビーチボールが
蒼い波に揺られてゆっくりと回る
風はかすかに冷えて肩をかすめ
淡い斜陽は一瞬鋭くきらめく
去りゆく季節の吐息のように

一日は終る　夏は終る
ジン・トニックもぬるくなった
さあ帰ろう
しかし　どこへ？

サーファーたちは
戦士のように遠くまで
終りなき夏を追っていくが
ぼくたちは日を送り季節を送って
帰るしかない
過ぎゆく季節が
過ぎゆかぬものの形をあらわにしている
記憶の闇の方へ
季語に波立つ思いの下に眠る
暗い水に没した都市へ

どんなに思い屈して身をかがめても
完璧な日常はない
肩をならべてぼくたちが帰りゆく彼方で
日々のしぐさは深く比喩に犯され
非情な時の顎の下で抱きあう
ぼくたちの肢体は
いつか死者たちの身ぶりをなぞっている。

唄くぐり

唄は不意に風に
かすかな風　ささやく風　そして
刺す風　誘う風になって
夜の中に突き刺さる岬をめぐる
これはひとつの
唄くぐり夢くぐり風くぐり

閉ざされたまぶたの奥に
くるしげに渦巻く陶酔に向って
声はめざめ

微風に犯されて総毛立つきみの白い肩から
ぼくたちのみだらな夢はなだれていく

荒々しく押し拡げられる闇のへりの波頭が
奪《と》れなかったために美しい都市を
押しつつむ時
走りながらぼくは見る
溺れゆくきみとききみの髪の流れを
沈みながらぼくは見る
逃れゆくきみとききみの指のあがきを

見る　その俯瞰の広さが
尾を引く怯《おび》えとなり
痙攣する虹となり恥となる
もしも世界が妖しくふるえて見せるなら
欺されてやってもいい
もう一度だけ

唄くぐり夢くぐりひと区切り

風は過ぎる
決して歳月のようにではなく
恋や行為のように
感傷と観念のアマルガムを
しずかに冷やしながら

潮が引くように
世界がいっさんに後退する時
痛覚によって　からくも
形をとどめ続ける記憶の露頭は
ひらかれたきみの瞳の
白々とした朝に打ちすえられて立ちつくす

過ぎゆく日々　反歌のように

不意に古い唄を聞く
あるいは
突然遠い灯を見る

車窓に白い氷雨の飛跡を見る
霧の海峡を切り裂く汽笛を聞く

見てしまい聞いてしまえば
もはや　時の歯に遭遇するしかない

季節が過ぎゆく早さで
過ぎゆかぬものの影を深くする時
波立ち騒ぐ感傷の入江は
静める調べもないままに荒れ……

記憶は海からの風のように
きみの額を素早くなぶり
眉根に美しい錯乱を残していく

過ぎゆく日々の中で
知っただろうか　きみは
ここがどこよりも遠く

そして　ぼくたちがここに
少しづつ出血しながら
とどまる他ないことを

おぼえがき

これは「蜜月・反蜜月」に続く、ぼくの七冊目の詩集である。本集には一九七三年から一九八〇年までのおよそ八年の間に書かれた詩十四篇を収めた。前詩集が約二年半の間の作品から成ることを思うと、もともと寡作気味であった自分にとって詩を書くことがますます困難になってきたことを実感するが、一方では、これは自分の詩の書き方からすれば仕方のないことだ、という居直りの気持もある。

前詩集の「おぼえがき」にも記したことだが、ぼくは十代の時にどうやら手に入れた書き方にいまだにしがみつき続けている。と言っても詩そのものが変らずにいられるわけがない。ぼくが否応なくひたされている歴史的及び日常的状況の推移や、重ねていく齢《よわい》などは確実にぼくの詩を襲い、表現や内容を少しづつ変えてきたことは確かだ。そうした不可避的な変化に応じて書き方を変えていけば、あるいはもっと多くの詩が書けたかも知れない。しかしぼくはなにか少年期に詩にとり憑かれた時の初心のようなものが忘れられぬまま、書き方を変えずにここまできた。もっと実感に即して言うと、書き方を変えると、自分が詩に求めている快楽の核心が失なわれる気がして、それを恐れたのである。ぼくはその臆病さの代償を詩篇の数の年ごとの減少で支払っているのだろう。

六〇年代、七〇年代という十年ごとの区切りには、便宜的以上のさしたる深い意味はないだろう。しかし、一九六〇年という時点にあるこだわりを持ち、また年齢的に六〇年代が二十代に、七〇年代が三十代に、ほぼ重なり合う者にとって、この時代呼称にはどうしても個人的感慨がつきまとう。そうした前置きつきで言えば、本書は言わばぼくの七〇年代への形見である。

疾風怒濤、などと言えば陳腐になるが、歴史的状況の推移に加えて、ぼく自身の二十代という若さや拠点としての同人誌の存在などによって、個人的にはなにか濃密なイメージのある六〇年代の後に訪れた七〇年代は、ぼくにとってひたすら過ぎゆく日々であり、日々が過ぎゆくことで際立《きわだ》たせるものを見つめている時代だった。そのような七〇年代に、これらの詩篇を書くことが、ぼく自身にとって、ささやかな、しかしかけがえのない遊戯であったということを証《あか》すために、この詩集は在る。

こうして詩集を編んで全体を俯瞰すると、さらば青春！という感がないでもないが、詩を書くぼくの中の少年は、まだ執拗に成熟を拒んでいるようでもある。

一九八〇年一〇月　　渡辺武信

（『過ぎゆく日々』一九八〇年矢立出版刊）

初期詩篇

不眠の時代

この奇妙な薄明の中で
ぼくたちの影がすりへって行く
ぼくたちの時間の測られる場所は
錯乱した次元に守られて
ぼくたちの視線の外へ逃れる

休みない消費の中に
街は少しずつ確実にうすれて行き
時間の流れは四散して
かぼそい泉のように
遠い砂漠に没して行く

時を失くした街の空を
歴史は音もなく吹き過ぎて
ただ　高く雲を散らすばかり
廃墟の予感が追いついて来る街角から
ぼくたちは駆けつづけ
みじめな青春の集団をさらす

失なわれて行く時間の中に
ぼくたちの抱きしめたイメージが溶解して行く
おお　灼熱する行為　世界をひらく陶酔
　草原に拡がる夜　銀河を切り裂く腕
ぼくたちの眼下で　今
それら　くずれ落ちる

ぼくたちは　疲労の中に
やさしい憂愁を探したりする
しかし　うすれて行く光と影に
あまりにも滑らかな回転を見つけた時
ぼくたちの内部に
ぼんやりと時が回復して来る
失った影を時間にのせて計算すると

かって羽ばたいた大きな黒い翼が
今日を貫く映像として積分される

街は　今日も　片目をつぶり
静かな眠りの姿勢をしている
ああ　しかし
ぼくたちの夢はみられてしまったので
ぼくたちの眠りは買われてしまったので
きれぎれの夜明けのイメージを抱いている
ぼくたちの長い地平線は不眠症だ
疲れはてた眼の中に
せいいっぱい見ひらかれた瞳孔は
なおも歴史を測ろうとする

伝説のはじまり

行方知れぬあの激しい風よ
埋め去られた荒廃を後にのこして
今　どこを吹いているか
ぼくたちは　やさしい微風にひたり
つつましい朝食とちいちゃな愛を
あわただしく消費する
絶え間ない目ばたきと疲労の登録に追われ
夢をみなくなった群集は暗い駅の階段にあふれ
次々と出て行く満員電車は
彼らをどこか遠くへ運び去る

激しい風の中に花火のように落ちて行った美しい視線は
再び帰らぬ軌道を描いたのか
疲れはてた眼は濁ったスクリーンを見つめ
重い耳鳴りはすべてを暗くなつかしいメロディに溶かす
もうぼくたちは知らない
何にがぼくたちの鼓動を保っているか
軽やかに言葉だけが飛び交い
誰もが心静かに裏切りを味わっている時
長い夜は　ふたたび　整然と準備される

なおも続いて行く激しい鼓動を
苦しい息の下に　しばし　断ち切ろうと
一夜ぼくは山を越えた
知っているか　あの山頂の星空
数知れぬ悲しみを見つめて
まだ　見ひらかれている大きな瞳を

おお　疲れはてたぼくらの視線を遠くまでつなげ
暗く大きな流れの上に火の粉を散らし
燃えつきようとする橋を渡って向う岸へ行こう
今崩れ落ちる欄干は　ぼくたちの過去へ消えて行く

流れを渡ったぼくたちの鼓動は
今や残酷な時を刻む
長い夜のはじまりには長い伝説が生まれる
ぼくたちは　夜の明けるまで終らぬ
長い長い伝説を組織するのだ
ぼくたちは　ぼくたちの伝説を
無限の挿話を重ねておしひろげて行く
いつかついに　伝説は
ぼくたちの夜を濃密に満たすだろう
ぼくたちの時代の真昼のイメージが
すべての人々をあざむいて
闇の中に破裂した時　はじめて

夜の終りは測られるだろう

おお　しかし
今語り出されるこの夕暮に
ぼくたちの合唱は空しく　美しい山河に散り
大きな風は故郷をさける

ぼくたちの伝説はここにはじまりを持つのだろうか?

黄昏の街

ぼくたちの街では黄昏だけがうつくしい
どんな重い一日もいま終って行くから
そのなつかしい背中を見せて
闇の中へ溶けて行く
厚く渦巻いてくるのは人々の吐息
ずり落ちて行く時間のかすかな軋み

街路に湧き出した夜の指先をすりぬけ
小さな反逆を運んで行くぼくたちの視野に
灯に飾られた風景は拒絶される
なめらかな地軸の回転が起り
黄昏が夜に呑まれてしまおうとする時
一瞬はあざやかに結晶する
それが合図だ

たたかいの予感に
ぼくたちの鼓動が早くなる

街よりも急速に暮れて行った　ぼくたちの内部に
原油のような闇が重たくめぐっている
うなだれた世界の白い首すぢに宿る
最後のひとすぢの光が去った時
ぼくたちの瞳から炎の橋を架け
ゆっくりと流れ出すまぶしい闇は
街々のやさしい夜を押しのけ
すべての黄昏を占領する

たたかいのくすぶっているきみの瞳
それをぼくの前でとざすな
街に風が吹きわたると
最後の光を測っているきみの瞳の底に
夜より暗い炎が火の粉を散らす
陰画になった街の無言の群衆をくぐりぬけ
遠くまでぼくたちは行こう

おわりのないたたかいのはて
歴史の中でいちばん深い夜があけて

無数のめざめがひしめきあって
さわやかにひらく朝
きみの額によみがえるやさしい丘のうねりに
ぼくたちの疲れはてた足跡は点々と続くだろう

朝のために

遺書が必要なら
東の空に刻もう
あけていく朝とともに
ぼくたちの劇は息絶えるから

せり上る暁のへりで
最後の涙が蒸溜される
空いちめん流れる朝焼の中に
街々が持つえぐられた瞳
その　失われた視野に
世界は　しだいに熱くなる

乾ききったぼくたちの瞳は
ついに叫ぶだろう
数知れぬ素描を支えた
幻の遠近法
ひとつづきの地平線に
ひらかれたひとつの切り口
傷ついた世界が
そこから噴きだす
重たい夢の原油
ぼくたちがすばやくすべりこむ
まぶたの裏の熱い闇

きみには何が見える
深く閉ざれたまぶたの後
おそらくはきみの瞳と同じ色して
うずまいている闇の底に

はたして　ぼくたち

同じものが見えるか
ぼくたちの肉に必要なひとつの映像
いくつものまぶたの裏で
いっせいにはげしくゆめみられる
たったひとつの

さかのぼるのだ　ぼくたち
重なり合う記憶と夢の奥の
地図のない夜
遠い母たちの荒々しい血が
泡立ち流れた臥床

奪われた日の上に見ひらかれるため
いっせいに閉ざされた無数のまなこの奥
星座たちが飢えて輝く夜空の下
しなやかな指先で
装塡される
銃

拾遺詩篇

風

風は陽射にひるがえる帆を鳴らし
遠い雲を走らせ

風は街路樹をゆらし葉を吹き散らし
雨に濡れた旗を重たくはためかせ

風はきみの髪をやさしくくぐり
きみの肩の丸味に沿って流れた

誰も風を見たことはない
風はただ　物たちに触れることで
自《みずか》らの存在を描く

風は今

空っぽのブランコのロープを
さびしく垂れ下がらせたまま吹き過ぎる
きみの不在を描きながら

（「ブルーベル」創刊号、一九七四年十一月刊）

昼餐の後に　残された者たちのための鎮魂歌

生きるとは　どこかに居ることであるなら
居るための質量を失った者は
どこにも居られないので
ただ消える
私たちはいま　悲哀に沈む前に
その不在感に耐えている
鎮めるべき魂はどこにもないので…

（うららかな陽
青い空　白い雲　まっしろな雪柳
パスタと白ワイン…サラダ
こういう時間と食事が
また持てるようになった状態が美味しい
これが最後の昼餐であっても良いと
本気で思った*）

それは最後ではなかったが
最後から何百番めかの
昼餐であり
陽ざしであり
風であった
美しいもの　おいしいものを追い続けた男が
最後に飲んだワインは
どんな聖者の血のしるしでもなく
ただ、つぶらな瞳の（願わくば）少女が摘み取った果実
を
小太りの陽気な（たぶん）おじさんが醸した
この世の歓びであったろう
彼が集めた数々の椅子のように
彼がつくった数々の家のように

私とは私の記憶の総体であり
また　ひとに記憶されている限りの存在であるとすれば
彼と彼の持った記憶が消滅した今
彼とは私たちが記憶している限りの存在にすぎない

であるなら　私は
彼よりも　残された私たちの心の痛みを鎮めるために
しめやかな歌を書こう

彼はいまどこにいるか
たぶん私たちの記憶の中に
私たちの記憶が消えるときまで
Good Bye

＊宮脇檀『最後の昼餐』（遺著・新潮社、一九九七年十二月刊）より。この本については本書後半に収録したエッセイ「暮らしそのものによる生の賛歌」参照。

（「建築知識」一九九九年二月号）

歌曲

風がさわっていった

風がわたしにさわっていった
かすかに髪をみだしていった
あなたの指のやさしさに似て
わたしの心にさわっていった
よみがえる時　よみがえる日々
風に吹かれて解ったの　やっと
恋がわたしを吹きぬけていった
それはわたしを吹きぬけていった

風が眠りをさらっていった
シーツの広さにひとりで泣いた
まるで小さな娘のように
夜の広さがこわくて泣いた
よみがえる夢　よみがえる夜

風のひびきで解ったの　わたし
恋がわたしを吹きぬけていった
それはわたしを吹きぬけていった

風がわたしをつつんでくれた
大きな胸につつんでくれた
恋を知らない少女のように
空を見あげてほほえんでみた
かなしみもない　くるしみもない
風に抱かれてしあわせよ　今は
恋がわたしを吹きぬけていった
それはわたしを吹きぬけていった

雲を見ていたふたり

はじめて会った秋の日に
雲は流れて遠い空
絹積雲《けんせきうん》はうろこ雲
空の波間のいわし雲
肩と肩とを寄せあって
雲を追いかけ歩いたふたり
どんな遠くか知らないで
どんな遠くか知らないで

白い花咲く春の夜に
月はぼんやり雲の上
高層雲《こうそううん》はおぼろ雲
おぼろ月夜のホリゾント
頬と頬とを触れあって
雲を見つめて泣いてたふたり
どこへ行くのか解らずに
どこへ行くのか解らずに

はげしい夏の昼下がり
ふたりをつつむ熱い風
積乱雲《せきらんうん》はあらし雲
雷の棲む雲の峰

空があんまりまぶしくて
雲も見ないで抱き合うふたり
近づく嵐を知っていた
近づく嵐を知っていた

異変ブギウギ

暑いよ暑いよ　ウワー暑いよ
熱い陽射《ひざし》に熱い風
トロトロとろけるアスファルト
チリチリやけるトタン屋根
河童《かっぱ》のお皿も干《ひ》あがって
熱さに世界は融けていく
アイスコーヒー煮えたぎり
アイスクリームも融けました
汽車のレールも融けました
列車ダイヤも融けました
指輪のダイヤも融けました

恋の謎々　解けました
熱さに世界も融ける日に
わたしのこころは凍りそう

寒いよ寒いよ　フゥー寒いよ
冷たい木枯《こがらし》寒い空
しらじら凍《しばれ》る霜の道
キリキリ凍《い》てつく指の先
エスキモーまでかぜをひき
寒さに世界は凍りつく
お池の水も凍りつく
ダムもマダムも凍りつく
犬のおしっこ凍りつき
髪のかんざし凍りつき
恋のまなざし凍りつく
寒さに世界が凍る日に
わたしの心は燃え上がる

わたしの心は燃え上がる

愛と自由とネクタイと

会社や会議にあきちゃって
ネクタイ外して　捨てちゃった
ひとりで街を歩いてみると
首のまわりがひんやり寒い
　でも　たぶん
自由ってものは少し寒いものなんだ
寒いけれども歩いてみよう

やさしいきみから逃げたくて
誰にも言わずに家を出た
ひとりで気ままに暮らしてみると
心の中がひんやり寒い
　でも　たぶん
自由ってものは少し寒いものなんだ
寒いけれども歩いて行こう

きのうも今日も眠れず
きみの遠さに泣いちゃった
ためらいながら電話をすると
胸のあたりがくるしくなった
　でも　たぶん
愛ってものは少しくるしいものなんだ
くるしいけれどためしてみよう

きみにもらったネクタイを
一年ぶりでしめてみた
二人で街を歩いてみると
首のまわりがくるしくなった
　でも　たぶん
愛ってものは少しくるしいものなんだ
くるしいけれどためしてみよう

そのまま夢の中
遠く遠く笹舟が流れる

目をとじると笹舟が流れる
かえるところもないのに
かえれそうな気がして
そのまま　そのまま夢の中

遠く遠くあげひばりが鳴くよ
枕の奥であげひばりが鳴くよ
かえるところもないのに
かえれそうな気がして
そのまま　そのまま夢の中

遠く遠くきみの影が走る
心の谷間にきみの影が走る
かえるところもないのに
かえれそうな気がして
そのまま　そのまま夢の中

【初出】（いずれも東芝レコード）
『風がさわっていった』デュークエイセズ博覧会'75（75.11.5.）。
『雲を見ていたふたり』デュークエイセズ気象台（76.5.5.）。
『異変ブギウギ』デュークエイセズ気象台（76.5.5.）。
『愛と自由とネクタイと』デュークエイセズ衣装箱（76.11.5.）。
『そのまま夢の中』デュークエイセズ望郷抄（77.10.20.）。

風がさわっていった

♩≒136 〔♫=♩♪（3）〕

作曲＆編曲・八木正生

かぜが わ た し に さわってい っ た
か す か に か み を みだしていっ た
あ な た の ゆ び の やさしさ に に て
わ た し のこ こ ろ に さわってい っ た
よ み がえ る とき よ み がえ る ひび
か ぜ にふ か れて わかったの や っ と
こ い が わ た し を ふきぬけて いっ た
そ れ は わ たしを ふきぬけて いった

雲を見ていたふたり

♩≒130　　　　　　　　　　　　　　　　作曲＆編曲・クニ河内

はじめてあった あきのひに くもはながれて とおいそら
けんせきうんは うろこぐも そらのなみまの いわしぐも
かたと かたとを
よせあって くもを おいかけ
あるいたふたり どんな とおくか
1. 2.
しらないで どんなとおくか しらないで
3.
ちかづく あらしを しっていた
あ

異変ブギウギ

♩≒132 BoogieWoogie 〔♫=♩♪³〕 作曲・櫻井順 編曲・鈴木宏昌

あついよ　　あついよ　　ウワーあついよ

あついひざしに あつい かぜ　トロトロとろける　アスファルト

チリチリやけ る　トタンやね　かっぱのおさらも　ひあがって

あつさに　　せかいは　　せかいはとけてい く

アイスコーヒー　にえたぎ り　アイスクリームも　とけました

きしゃのレールも　とけました　れっしゃダイヤも　とけました

ゆびわのダイヤも　とけました　こいのなぞなぞ　とけました

あつさにせかいも　とけるひに　わたしのこころは　こおりそう

愛と自由とネクタイと

♩≒126〔♫=♩♪ (3)〕　　作曲・吉田一彦　編曲・八木正生

かいしゃやかいぎに　あきちゃって　ネクタイはずして　すてちゃった
ひとりで　まちを　あるいてみると
くびのまわりが　ひんやりさむい　でも　たぶん
じゆうってもの　は　すこ　し　さむい　ものなんだ
さむいけれども　あるいて　み　よ　う

そのまま夢の中

♩≒88

作曲＆編曲・大野雄二

とおくとおくさ　さぶねがなが
れるめをとじーるとさ　さぶねがなが
れる　かえるところも　ないの
に　かえれそうなきがして
そのままそのまま　ゆめの
なか

エッセイ・詩論

イメージ・オデッセイ抄

唄はどのようにはじまるか　演劇「ラ・マンチャの男」

「ラ・マンチャの男」の終り近く、観客は騎士道の夢から醒めた主人公が死の床についているのを見る。彼はもう、あのドン・キホーテではなく老いさらばえた郷士キホーテに過ぎない。そこへ、宿場の娘アルドンザ、ドン・キホーテにとっての想い姫ドルシネア、が見舞に駆けつける。しかし、騎士時代の記憶を失ったこの老人は彼女のことを覚えていない。アルドンザは狂気のもどるのを恐れる周囲の者の制止を振り切って、ドン・キホーテを呼びもどそうとする。そして彼女は、すでに舞台でくり返し唄われて観客にもなじみのできた「見果てぬ夢」というナンバーを唄いだす。その唄につれて、すこしづつ老人の表情が動きだし、ついに起き上って「サンチョ、鎧を、剣を！」と叫ぶ。この数十秒のサスペンスと、それに続く「見果てぬ夢」の合唱の爆発は、たんにミュージカルと言わず、今までぼくの見たあらゆる舞台と比べても比類のないほどの衝撃力をもっている。

ミュージカルにとって決定的に重要なのは唄がどのようにはじまるか、ということであろう。ミュージカルが唄と芝居の連鎖に終らないためには、唄がプロットと緊密に対応していなければならないことはもちろんだが、それに加えて、少なくてもメイン・テーマを支えるいくつかのナンバーは、唄のはじまりにふさわしいきっかけをもたなくてはならない。そして、それは唄い手である劇中人物のたんなる感情の昂揚を超えた何かである。

ぼくが今まで見たミュージカルの内で、このような条件を備えたナンバーを探すとすれば、それはたとえば「マイ・フェア・レディ」における「スペインの雨」であろう。その場合は、イライザが「スペインの雨は主に平野に降る」という発音練習用のフレーズをくりかえしくりかえしつづけた末に、ついに正しく言えた時、そのよろこびが、この何の意味もないフレーズにメロディを与え、そのまま唄となって拡大するのだ。そしてこのナンバーは「一晩中でも踊れたろうに」というあのもう一つの美しいナンバーへつながっていく。

ここでは、どうしても正しい発音のできないイライザの絶望からの脱出の喜びとして唄があるのだが、喜びの表現として新たに唄がつけ加えられるのではなく、それ以前に絶望的な調子で執拗にくりかえされたフレーズが、歓喜に色づけられて別の響きでくりかえされ、それがなめらかに唄になっていく、という点に、先にのべた〝たんなる感情の昂揚を超えた何か〟にあたるものがある。

しかも「スペインの雨」は英語で唄われた場合、それが発音訓練の要素としてもっている"Rain in Spain stays mainly on the plain"という ain という音のくりかえしが、唄の中に美しく響きわたる。つまり、イライザにとって困難であったものが、困難が克服された後そのまま歓喜の表現に転化するところに、このナンバーの魅力の秘密がある。日本語に移された場合にはどうしてもその脚韻の響きは消えてしまうし、また作品全体としての「マイ・フェア・レディ」はそれほど高く評価しないにしても、ぼくはこの「スペインの雨」のはじまり方を、ミュージカルにおける唄のはじまりの最も魅力的なパターンの一つとして記憶している。(ついでながら、もし、ぼくがこの「スペインの雨」をオリジナルのもつ魅力を生かして訳すとすれば、「アメリカの雨は、あまたに甘やかに降る」とでもするだろうに、とよく思ったりした。「ミュージカルのはじまり」というぼくの詩作品の一つのきっかけはここにある。)

「ラ・マンチャの男」に話をもどせば、この作品の終幕の「見果てぬ夢」もまた、唄がはじまるべくしてはじまると言う魅力を備えたナンバーである。

ドン・キホーテは、鏡の騎士とその配下たちに鏡の楯を突きつけられ、そこに夢とは異った自らの卑小な像を見て、現実回帰を強いられた結果、失神してくずれるように倒れる。溶暗の後、観客が騎士の代りに見出す弱々しい病人の姿はあまりにも痛ましい。そして、アルドンザが病人に話しかけながら、唄を一節づつ区切って唄いだす時、その親しいメロディは、観客の心の中に、この病人のもう一つの姿であるドン・キホーテの残像を否応なく喚びおこす。唄がくりかえされることによって、以前のイメージを呼びおこす力を持っていることは、このナンバーのこのシーンでの魅力のはじまりである。そしてさらに重要なのはこれがたんなるくりかえしではなく、以前とは全く異った響きと機能をもつことだ。以前に唄われた時には、主人公にまだなじみきれぬ観客がドン・キホーテの狂気に対してある距離を保つことによって、明かるく、しかしやや空虚に響いたこの唄は、今や、ドン・キホーテに共感し、しかも騎士のあまりにも痛ましい変貌を目にしている観客に対して、過去の残像を背負いながら複雑な陰影をもって響きわたる。こうして最初に唄われた時にはたんに数多い美しいメロディの一つにすぎなかったものが、ここにおいて、作品全体のテーマの表現にまで成長するのである。死の直前の生命の炎のきらめきを放ちながら、この唄を唄うドン・キホーテにとって、それは歓喜というような感情の昂揚の表現どころか、全人格の再発見そのものなのであり、それはそのまま、作品のテーマの結集点になっている。このように作品のテーマを全的に担っている点だけをとっても、「見果てぬ夢」は先に例にあげた「スペインの雨」をはるかに抜いていると思われる。

このシーンで狂気はかつてのようにドン・キホーテの姿をとって舞台上に存在するものではなく、回復されるべきもの、獲得されるべきものとして唄われる。そして「夢」という言葉もまたある積極性を担って発せられる。ぼくは幸いにも数年前、この作品のボストンにおける出張公演をホセ・ファーラーのドン・キホーテによって見たが、その時には原語の〈to dream a impossible dream〉という唄いだしの dream という言葉のくりかえしが効果的に感じられ、とくに終幕のシチュエーションの下では、その動詞形の dream におのずから加えられた強調が、〝夢見る〟ことの持つべき積極的運動性を担って響いたことが忘れられない。この意味で言えば、最初に唄われる時には気にならなかった「夢は稔り難く…」という訳詞の否定的な語感は終幕の状況下ではこの作品のもつ積極性を表現するために非常に障害となるようである。つまりこの訳詞の響きは、この唄を唄いながら死んでいくドン・キホーテの死を、あくまで見果てぬ夢を追って死んでいった個人の死という枠組の中に詠嘆と共に封じこめようとする傾きをもっているのだ。しかし、その唄に導かれて復活するドン・キホーテは老郷士キホーテでないばかりでなく、もはやドン・キホーテですらない。ぼくたちは、カラスコ博士の言葉にしたがってこの老人を安らかに死なせてやるべきだったかも知れない。それなのにあえて狂気を呼びもどしたのは一面ではアルドンザの身勝手であり、それは同時に観客であるぼくたちの欲望なのだ。この老人はぼくたちの夢の仮借ない暴力の犠牲であり、その犠牲の上に、ぼくたちの夢みる力が拡大したのである。だとすれば、復活するドン・キホーテはもはや肉体をもった人間ではなく、喚び醒まされたぼくたちの夢そのものなのではないか。

ドン・キホーテの死の後、サンチョが「アルドンザ!」と呼びかけると彼女は一呼吸の後「私の名はドルシネア!」と高らかに答える。これは、それまでドン・キホーテが彼女に向って「ドルシネア姫!」と呼びかけるたびに「私の名はアルドンザ」とくり返しつづけ、それが唄となった「アルドンザ」というナンバーも唄った当人が言うだけにひときわ効果的に響く。巧みな伏線があったとは言え、一つの名前が、これだけの感動的な響きと重層する意味を担って発せられた例はかつてない。言うまでもなく、このドルシネアこそ、あの老人の肉体を食いつくしてあらわれたぼくたちの夢の化身なのだ。

この作品は、ドン・キホーテの作者セルバンテスが未決獄の中で獄中の仲間に自分の身の証しをたてるためにドン・キホーテの物語を即興劇で演ずるという形をもっている。つまりセルバンテスの部分を枠組としてもつことによって、このドン・キホーテの物語は芝居の中での芝居の二重の虚構性をもち、全てのテーマが第一の虚構、つまりセルバンテスの次元へ反射してくることで一層痛切な表現をもつことになるのだが、それについては紙数もないので別の機会にゆずらねばならない。

日本での舞台化の成果について触れれば、それはおそらく、現在考えられる最上のものであったろう。とくに、ヒーローのセルバンテス=ドン・キホーテを演じた市川染五郎(二〇〇六年補注・現・松本幸四郎)の好演は長くぼくの記憶に残るだろう。通りいっぺんの讃辞をこえたこのドン・キホーテの素晴らしさを表現する言葉をあえて探すとすればそれは染五郎の一つ一つのしぐさの的確な優雅さ、あるいはギャラントリイである。その優雅さはたとえば、ねじくれてコルク栓ぬきのようになった剣をくるくるまわしながらぬき放つといったような、場内の爆笑を呼ぶ演技の中にも決して消えることなく生きつづけて、〝夢〟がこの騎士に（そしてセルバンテスに）もたらした品位というものを絶えず観客に訴えつづけていたようだった。また、セルバンテスの部分についてはやや苦しさが目立ったが、ドン・キホーテの部分に関する限り、染五郎には若い役者が老け役を演じる時にありがちな表現過剰が全くなく、実にのびのびとしていたのは見ていて気持のいいものであった。彼は「王様と私」、「心をつなぐ六ペンス」という二つのいずれも成功したミュージカルの中で重要なシャム王とコミカルなアーサー・キップスの役を見事に演じたが、今回の老人でありながらある軽快さを必要とするドン・キホーテの役の創造は彼にとって、前記の二つの役の総合と考えられぬことはない。今回の演技は、以前の二つの役の上にたっての彼の成長を感じさせるのに十分であった。ドン・キホーテは、染五郎において、たんなる重厚さではなく、ある威厳を伴った軽やかさの中に姿をあらわし、ミュージカルの舞台にふさわしい演技のリズムをつくりだしていた。この点では、ぼくはホセ・ファーラーよりも染五郎のドン・キホーテの方を高く評価したい。ぼくの見たのは五月二十六日の千秋楽、終演後拍手は鳴りやまず、くりかえしくりかえし舞台へ呼びもどされる出演者に向って花束の雨が降りそそぎ、染五郎の眼には涙があった。

（「ユリイカ」一九六九年八月号）

イメージの機動隊と劇場空間

観客席がほぼいっぱいで、通路の、舞台に近い部分に、五、六人の男女が立っている。とつぜん、その連中が言い争いを始める。どうやら一人の青年が強引に前へ出ようと割りこんだらしい。争っているうちに青年の背負っていた細長い木箱が周囲の人間にぶつかって、騒ぎが大きくなり、彼らは争いながら舞台へ上っていく。これが、〈真情あふるる軽薄さ〉（劇団現代人劇場公演）の巧みな幕開きであった。

カーテン前でも、列の順番についての争いがひとくさりつづいた後、幕が上ると、舞台一面につくられたひな段状の装置の上に、さまざまな服装をした男女が行列していて、観客席から上った連中はその末尾につく。先頭は舞台右手のはるか奥にあるらしい。この芝居は、終始、このなんのためか解らない〈切符〉を手に入れるために並んだ行列と、その順番を乱そうとする、例の青年をめぐって展開する。

一般に、ぼくたちの時代の劇場には、観客を虚構の世界へ誘いこむ空間的演出がきわめて稀薄である。ぼくが国立劇場というコヤをどうしても好きになれないのは、あの建物の無表情さのためである。そこには、歌舞伎座にはまだ見られるような絵看板、積樽、幟といったようなものが全くない。言うまでもなく、これらの伝統的装飾は、もはや、かつてのような民俗信仰に支えられる生き生きとした象徴的価値はもっていないのだが、それでも、観客を伝統演劇の世界に誘いこむ空間的装置としての役割を、不完全ながら果たしているのである。国立劇場でも、舞台の外で観客を誘惑する手段として、ロビーで、観客を送りだすための舞いのような〈しころ打ち〉を行なったことがあったが、あの完全殺菌庫のような建物の中では空しく響くばかりであった。

かつて唐十郎のテント劇場が新宿花園神社境内に停泊していた時、あの、新宿の雑踏の中に開いたタイム・マシンの入口のような鳥居と、左右に灯籠の並ぶ長い参道は、おそらく唐十郎一座の意図を超えて、あざやかな空間的演出を感じさせた。また、この一座がピット・インで公演した時は、扮装を終えた役者が三人ばかり向い側の塀の上にのぼって、禿鷹のように観客の行列を見下ろしていたのが、やはり芝居の世界への導入であり誘いであったようだ。

新宿文化前の行列に話を戻せば、ここで芝居への誘いこみを積極的にやるとしたら、〈切符を買ってから並んで下さい〉とか〈二列になって前へ詰めて下さい〉とか叫んでいた劇場の係員のような男は、舞台の上の行列の〈整理員〉と称する男たちの一人であるべきだったろう。

舞台の行列が、陰微にぼくたちを支配する日常の秩序の暗喩であることはすぐに解る。けれど、この寓意がにわかに緊張を帯びるのは、整理員と呼ばれる男が、かつての機動隊の乱闘服のような服装で、棍棒と小さい盾を持ち行列を乱した一人の青年を追いかけて血まみれになるまで殴打するというシーンによってである。

行列している大衆から離れて劇を進行させるのは前述の木箱を背負った青年（蟹江敬三）と、彼に共感する娘（真山知子）、保護者といった顔でいやになれなれしく、時にホモセクシュアル的に青年につきまとう中年男（岡田英次）の三人である。ここで、演技について言えば、この三人の演技の質がバラバラでうまく嚙みあわないため、この興味深い戯曲の舞台化は必ずしも成功とは言いがたい。作者清水邦夫は、前作〈狂人なおもて往生をとぐ〉（六九年一月、俳優座によって上演）で芝居の中の芝居という二重構造を、三重四重に重ねあわせて、たんに日常から分離されたお芝居ではあり得ないぼくたちの時代の虚構のあり方を、巧みに表現することに成功していたのだが、ここでも、幕開きのトリックをはじめとして、さまざまの形で舞台上に〃ゲーム〃や〃真似〃といった二重の虚構を持ちこんで、観客を〃お芝居〃と〃現実〃の間隙に陥しこむ手管をつくしている。

この青年と娘は、さかんに〈死んだ真似なら俺たちの方がうまい〉と叫び、中年男が、それを〈きみたちのゲーム〉と呼ぶ。そして青年が、〈自動編機だろう〉と言われた例の木箱からマシン・ガンをとりだし、行列の人間たちを射ち殺す時、群集は実に迫真的なポーズで倒れるが、やがてかすかな忍び笑いがひろがりはじめ、ついに青年への嘲りに満ちた哄笑となってさらに拡大するというシーンで、青年のゲームの幻影は破れ去る。

中年男の〈もう、きみたちのゲームにつきあってはいられない〉という宣言と共に、舞台奥の幕がスルスルと上ると、ホリゾント一面を覆ってキラキラ輝く機動隊の盾があらわれ、それと同時に、数十人の〃整理員〃が、今度は投石除けマスクのついたヘルメットと大きな盾をもった機動隊の最新装備で劇場の全ての扉からあらわれ、観客をとり囲む。間髪入れずひな段の頂上に立った中年男が〈一人も逃すな！　列を乱す奴はたたき殺せ！〉と叫ぶ。ホリゾントの盾の出現、観客席への機動隊の進出、そして中年男の変身と、息つく間もなく行なわれるこの数秒の舞台空間の変貌は実にあざやかで、とりかこまれた観客にかすかな恐怖がしのびよる。機動隊と男が黙って立ちつくしたまま、場内の灯がつきはじめる。しかし、男も機動隊員も動かないので、席を立つきっかけを失なった観客が私語を交しはじめ、その中の一人が〈あの、終ったんですか?〉と言って立ちかけると、たちまち機動隊員につかまり、観客席の一画で殴打され、連れていかれる。この時場内を一瞬支配した沈黙をなんと言うべきだろう。もちろん、殴られた観客はサクラだ、と解っていても、この後、二人目に立つ観客になるためには、誰でもかなりの恐怖を克服しなければならなかったであろう。このように、全てがお芝居だと解りきっていながら、なお、観客を支配する恐怖によって、ぼくたちは、一瞬、虚構でも日常でもないひとつの生々しい現実の罠に陥ちこんだのである。演技が嚙み合わぬため、舞台の全体的効果は必ずしも満足すべきものではなかったが、作者と演出者の狙いがこの一瞬をつくりだすことにあったとしたら、それはほぼ成功したと言ってよい。それは、ここに向って数々の虚実反転のトリックを組織してきた清水邦夫の台本の巧みさであると同時に、あの変貌に大きく貢献した舞台美術（若林南海男）の功績でもあるだろう。

この一瞬の恐怖は、同時に、見事にはめられた、という快感を伴うものであった。しかし、問題はその後にもある。恐怖の一瞬が過ぎ去ると、妙に白けた空気が場内をみたし、観客はなんとも照れくさいような曖昧な表情をして三々五々席を立つ他ない。

この原因の一部は、観客をとり囲んだ機動隊が、新宿の観客にはおなじみのホンモノとあまりにも似ていたことにあるだろう。新宿文化の舞台は、この春以来、市民と機動隊の衝突がくり返された西口〝広場〟や東口駅前通りと数百米の距離にあり、当夜の若い観客の中には、それらの衝突の現場に居たものも数少なくなかったであろう。その点から考えると、この芝居を上演する場所として新宿の雑踏の中にある新宿文化のような劇場を選んだことは、偶然以上のふさわしさをもっていた、と言えるかも知れぬ。しかしこの強味は同時に弱味でもあったようだ。虚構の機動隊が、少なくとも場内の薄暗がりの中では、あまりにもホンモノに似ていたため、ホンモノと衝突した経験のある観客は、その表面的な酷似に気をとられて、かえって、それを劇場の中の真実として認めることを感覚的に拒否してしまうようなのだ。別の言い方をすれば、それは、ホンモノに似過ぎているが故に、絶対にホンモノではあり得ないという逆説的な出現しかできないように運命づけられているのだ。一方、この芝居の巧妙な構成には、ついにこの逆説性を利用するに至れない、ある生真面目さがある。それが、あの一瞬の後に観客を襲った曖昧な感情の原因ではないだろうか。

こう書きながら思いだされるのは、今年の正月三日、新宿西口広場の状況劇場公演に現われた機動隊のことだ。この時、〈公園内での公演は許可しておりません〉という文句を、それが語呂合せになってる面白さにも気づかず根気よくくり返す官憲のスピーカーに妨害されながら進行したお芝居の中の機動隊は、扮装もチャチで人数も少なかったが、それでも、彼らは、赤いテントの周囲をびっしり取り囲んでいた現実の機動隊に、十分拮抗する存在感を持っていたのである。

もちろん、ぼくは、異った芝居の中で異った役割を負わされている二つの機動隊について、単純に優劣を論じているのではない。それどころか、方法論的に見れば、むしろ、清水邦夫の苦しげなトリックの連続技の方に、唐十郎にはない体質的親近感を感じるほどであるが、それだけに、二つの機動隊のイメージの差が、芝居のつくり方の差を象徴していることが見えて、状況劇場に心ひかれてしまうのである。

状況劇場の空間は観客を一度拒否し、拒否することで虚構の中へ観客を吸いこもうとしているようだ。赤テントの中でも、芝居はせまいステージからあふれ、観客の前後左右にひろがる。けれど、せまい〝花道〟を観客の肩をすりぬけるようにして登場する役者たちは、〈真情あふるる軽薄さ〉の中に出没したサクラたちのように、観客の一人と錯覚されることは一瞬もなく、機動隊もまた、現実の機動隊と錯覚されることはあり得ない。

これと対照的に、清水邦夫の芝居は、サクラの巧みな利用に見られるように、役者が観客席へ出ていって、観客を巻きこんでいく形をとっている。そして、この意識が、劇場の外へ機動隊を配置して、トリックが早く破れるのを避けさせたのであろう。そして、その方法は今回の芝居で見事に成功していたのだが、幕切れの後の白けた空気だけはなんとも救われなかった。しかし、このようなトリッキイな方法が、〝新劇〟を見あきたぼくたちの時代の演劇的感受性に対応するものであることは疑いもない。そうだとすれば、清水邦夫は、新しい作品で自分の方法をさらに徹底させていくべきだと言えるだろう。

この芝居の終りでは、ホリゾントを埋めた機動隊の盾が、舞台を圧倒したが、八月初旬、明大バリケード内の〈腰巻お仙〉の終りで、舞台背後のテントがさっと引き分けられたときには、そこにホリゾントはなくて、どことも知れぬ闇が遠くまでひろがり、そのはるか向こうで、お仙の白い裸身が笛吹童子のメロディにのって、ぼくたちを招きよせるようにうごめいていた。

それは激しい誘惑であった。

清水邦夫よ、福田善之が偉くなりすぎ、管孝行が冴えない現在、あなたあたりが面白い芝居を書かないと、ぼくやぼくの周囲の芝居好きたちは、皆、あの笛の音にのって赤テントの奥の暗闇に吸いこまれてしまいますぞ!

(「ユリイカ」一九六九年十一月号)

唄うとはどういうことか?

歌手としてデビューした野坂昭如が、十一月十日の8チャンネル「テレビ・ナイトショー」に出演し、芳村真理に向って彼の「ヒューマンボイス論」を一席ぶった。彼の言うことを要約すれば、唄において正しい音程とかきれいな声などを重視するのは間違いで、ほんとうに良い唄とは、その人その人の心からうめきのように出てくる唄なのだ、ということにつきる。この発言は、たとえば五十嵐喜芳や立川澄人のようなクラシック音楽畑の歌手がたまにポピュラーソングを唄うと実につまらないことなどを考えあわせると、いわゆる優等生的な歌唱法への批判としては、ごくまともな見解である。しかし、続いて聴かされた彼の唄はぼくには全然いただけなかった。文学の領域で次々とぼくの関心をひきつける作品を生みだしつづけている野坂昭如が、コシノジュンコのデザインのペラペラした衣裳を着て唄ってみせたりすることは、同じ黒眼鏡でも野末陳平が民社党から衆院選に立候補したがったりするのに比べれば、実に健康でカッコイイ道化ぶりなのだが、そのような背景のカッコよさも、ぼくが彼の唄をまったくエンジョイできないという事実を変えはしない。

野坂流の「ヒューマンボイス」ではないかも知れないが、この頃、アマチュアの味を残しながらも、ぼくを時に陶酔させることがあるのは深夜放送の大橋巨泉の唄である。TBSラジオ○時十分の「巨泉＋《プラス》ワン」という番組は木曜日に巨泉とそのコンボ、サラブレッズの演奏を聴かせるが、そこで時々彼がリラックスしてやるヴォーカルは、実にたのしいのだ。（この原稿を書いているのも十一月十四日木曜日深夜、もちろんぼくはラジオのスイッチを入れておいたが、残念なことに今夜彼は唄わなかった。それにしても先週の〝枯葉〟なんてヨカッタネ。）

ぼくは建築の仕事がいそがしい時ほど流行歌に詳しくなる。というのは図面を描いている間はたいてい朝から夜おそくまでラジオをつけっぱなしにしておくと、歌謡番組で流行中の曲を繰り返し聴かされるからである。その繰り返しにいいかげんうんざりした頃、救いになるのは深夜放送の、短期的流行を超越したディスクジョッキーなのだが、最近は深夜放送も、訴求対象をハイティーンに絞ってしまったために、やたらに聴取者少年少女のおたよりを読みあげる野沢那智や土居まさるの声のみやかましく、ぼくがたのしめる番組はほとんど失くなってしまった。（おお、かつてはコンバンワコンバンワコンバンワの大村真理子や〝遠慮とパンツはぬきにして〟の牟田悌三を聴きながらタイルの目地など引いたものだが！）こういう状況の中で、「巨泉＋《プラス》ワン」は目下のところ深夜過ぎてぼくをひきつける、ほとんど唯一のラジオ放送である。

この番組はウィークデイは毎晩放送され、木曜日以外の日は大橋巨泉単独のディスク・ジョッキーであるが、ここでは、ヴォーカルを中心としたレコードの選択とそれへのコメントに彼の趣味がかたくななまでに貫かれていて、聴き応えのある番組となっている。

たとえば一昨日の十一月十二日にはナンシー・ウィルソンのレコードをかけながら、ナンシーはたしかにうまいけれども、その本領はきちんとアレンジされた曲をこなすショーシンガーであり、その点で、たまたまナンシーをリクエストした聴取者の手紙に名の出てきたカーメン・マクレエとちがうということを明快に語ったし、また二週間ほど前に、珍らしく日本の歌手をとりあげ、森山良子がスタンダードを唄ったレコードをかけて、この歌手のうまさをぼくに再認識させる一方、流行中の「禁じられた恋」における森山良子がいかにダメであるかをはっきり言ったのも気持がよいものだった。日本のディスクジョッキー番組というのは、先にぼくが懐しがった大村真理子や牟田悌三にしても、ジョッキーの他に構成者がいて、その台本にしたがってやるのが普通だが、「巨泉＋《プラス》ワン」だけはまったく彼の自作自演（作というよりアドリブだが）でしかも、右のようにレコード選択にも筋が通っていることは、かつてジャズに耽溺しジャズ評論家として一家言をもったタレント以前の大橋巨泉の奥深い力量を示すような感がある。

彼の唄のもつたのしい味も、やはりこのジャズへの耽溺の長い歴史ぬきには考えられない何かにかかっているのではないか。彼は声がいいわけでもなく声量もないし音域もせまいので、時々かなりくるしそうな唄いぶりだが、ジャズのフォアビートへの〝のり〟だけはホンモノで、これが彼の唄の魅力となっているのだと思う。ジャズにおいてのるというのはたんに伴奏と密着していることではない。だいたいジャズ演奏のビートそのものがメトロノーム的に正確なビートから各楽器がわずかずつずれながら〝粘って〟いる。ヴォーカルはそれにぴったり一致するのではなく、それと対等の立場で一つの楽器のように、演奏の刻むビートのまわりをつかずはなれず戯れながら複雑なリズムをつくりだしていくのだ。そして、この即興的な戯れの中にあるリラキシティが、ジャズ・ヴォーカルの魅力の大きな部分である。巨泉が今日はひとつクロッポクなどと言っても、やはり彼の声は黒人のもつ迫力はない。あれはやはり、日本の大都会でウロウロしている男の声であろう。しかし、それは完全にジャズのビートにのっているのだ。大橋巨泉という人は黒人ブルースを生んだような悲惨な状況や肉体労働を経験したわけではないだろうが、ジャズに耽溺しつづけることを通じて、黒人が生みだし、アメリカから世界へひろがったジャズの幅広い流れの一端にたしかにとりついたのである。言いかえれば、彼の唄はアマチュアが芸の上でプロに拮抗し、時には、〝それで食っている〟というだけの中途半端なプロを抜いてしまうあり方の一つを示しているように思える。

4チャンネル日曜の夜に「最後のおたのしみ」という佐良直美のショー番組があるが、これの放送がはじまった頃に毎週、大橋巨泉、前田武彦、青島幸男などの司会タレントを一人ずつゲストにしたことがあった。そしてここでも大橋巨泉が、直美とデュエットで唄った「ラヴァーマン」は、同じシチュエーションで前田武彦が唄った「月光価千金」よりもはるかに聴かせたのである。前田武彦の場合は唄をカバーするために扮装にこったりして、かえっていや味であったが、大橋巨泉の場合はあくまでパーティの余興風にサラッと唄いながらも、不思議にたのしさがあったのだ。(ついでながら、青島と佐良のデュエットは「オン・ザ・サニーサイド・オブ・ザ・ストリート」で、これもビートへの〝のり〟は相当よかった。)

巨泉・前武の比較論が最近盛んだが、司会者としての優劣はともかく、タレントイメージとしてはジャズという専門領域をもっている巨泉の方にポイントがある。つまりジャズヴォーカルという狭い領域についての通暁が、一方で彼にたんなるなんでもこなす器用なタレント以上の奥行を与えており、他方では彼自身の唄や、司会に、独特のソフィスティケーションとして噴出しているように感じられるのだ。

現在の大橋巨泉は司会者として大活躍している。彼はやはり自分の一番好きなこと、つまりジャズと競馬のレース展開の話をしている時が一番冴えているのである。(それに反して、十・二十一当夜の「ゲバゲバ90分」での民青風に力んだ発言はまったく冴えなかった。と言うのは、つまりその発言の中には万能タレントとしての彼の表層における小さな冒険と気どりはあっても、彼のホームグラウンドであるジャズや競馬で満たされたソフィスティケーションの世界からアクチュアルな政治状況へ不可避的に噴出してきたものは何もなかったからである。あんなことを言うより、火焔びん騒ぎに闘係なく、ウッシッシとばかり番組を進行させた方が、はるかにラディカルであることを大橋巨泉は気がつくべきだがなァ！）

野坂昭如の発言にもどれば、彼のヒューマンボイス論は最近のテレビの需要に応じて量的にふくれあがった歌謡タレントたちの小器用な技術主義に対する批判として一定の有効さをもっていても、そういう狭義の技術を超えたところにあらわれる表現のレベルを無視している点で、芸能における一種の大衆路線に短絡してしまう危険がある。つまりこの見解には、たとえ、はやり唄であろうと、享受者としてそこに巻きこまれていくことによって言わば不可避的な感覚の洗練が生じ、そのはてには享受者が享受の向こう側へつきぬけてしまうというような深さの次元がまったく欠けている。

テレビナイトショーでの会話は、さらに、皆がレコードをつくってお互いに買ってれば全部ベストセラーだよ、というような冗談に落ちついたが、このジョークは笑いとばしてしまえないものを含んでいる。ぼくたち皆が聴き手であると同時に唄い手であるというような状態、つまり創造と享受が相互的であるような状態は、もちろんぼくにとっても一つのユートピアとして存在するのだ。

しかし、それを今すぐここで実現するために、皆が自分のパーソナルな人生体験を籠めて唄えばいい、ということは、あきらかに芸能の洗練とは反対の、やみくもな拡散という結果にしかならないだろう。歌謡曲であっても、その魅力は歌手の私生活なんかに還元され得ない何かであるのは当然のことである。

ぼくたちを魅惑するあらゆる芸能の秘密はパーソナルな人生体験の中にはない。それは、自我を核とするパーソナルな体験そのものの存在感がきわめてあやふやなものである今日においてとりわけ真実である。ぼくたちは誰でも、自分にとって、かけがえのないものと思っていた体験が、表現されるとたちまち風化されていく経験をもっているのではないか。ぼくたちは〝ヒューマンボイス〟的な自分自身のうめきさえ、しばしばよそよそしいものとして聴くのではないか。

ぼくはここで、もはや歌謡曲のことだけを語っているつもりではない。この問題は今日において詩を書くという行為についても同じような形で存在する。つまり、ぼくは今日において、〝みんなで詩を書こう〟というような発想はできないのである。ぼくは六九年前半に現代詩手帖の詩集評を担当して、その期間に刊行されたぼう大な量の詩集を読みながら悩まされたのは、先ほどから歌謡曲についてつかっている表現を流用すれば、一方には〝ヒューマンボイス〟的な素朴な不毛さがあり、それと表裏をなすものとしてのタレント的に器用な技術主義がある、そのことになのだ。

今日のように自我が拡散しつつある状況の中では、〝唄う〟ということはおそらく、すでに自明のものとして存在する自分を表現することではなくて、唄を通して自我を凝集させ、自分に出会うことであろう。こうして唄われた時、ぼくの唄は、もはやぼくの唄ではない。

ぼく自身の詩について言えば、ぼくは戦後の詩に魅惑され、それを言わば享受しつくしたことによって不可避的に詩を書きはじめてしまった者の一人であった。そこでは読むことと書くことは、最初、微妙に働きかけあい混じりあう蜜月状態から出発して、しだいに分離してきたが、今日に至るまで、ぼくにとって書くことは自己表現の手段ではなく、自分を発見し、自分に出会うという一つの行為でありつづけた。そしてぼくは、今、自分がぼくに詩の魅惑を教えて、詩の世界へ巻きこんだ教師たちを抜き去ったかどうかは自信がないが、それでも大橋巨泉ぐらいには唄えるつもりである。つまり、ぼくの詩はぼくのものではなく、今、無数の、そしてただひとつの声になろうとして、ぼくをつきぬけて遠ざかっていくのが見える。

（「ユリイカ」一九七〇年一月号）

アメリカの小唄になぜしびれるのだろう？

二月八日はディーン・マーティン・ショーの最終回だった。

ディーン・マーティンが、メリー・マーティンとレイニー・カザンの肩を抱き、左右交互に軽くふざけあいながら唄うフィナーレでショーが終った時、ぼくはグラスに残ったウィスキーをのみほしながら、来週からは何を肴に飲めばいいんだろう、とぼんやり考えていた。というのは、日曜日の十一時十分、おなじみの Somebody Loves Someone Sometime のテーマにのって、すでに相当きこしめした風の足どりのディーン・マーティンが現われると、こちらも仕事を放りだしてグラスを満たし、休日の終りを彼と共に飲んで過すのが、ここしばらくのぼくの習慣になっていたからだ。

ディーン・マーティンは、もちろんいくつかの名唱〈たとえば、このショーの中でも彼が何回か唄った〈ヒューストン〉など〉はあるにしても、歌手としてとくにぼくの好きなタイプではない。けれども、毎回登場するゲストとのからみにおいて彼が自然につくりだすリラックスした雰囲気は捨てがたい味があり、とくに女性歌手との即興的（に見える）デュエットのたのしさは抜群である。つまり彼はこのタイプのショーの狂言回し的なエンターテイナーとしては一流の魅力を持っている。彼が毎週決った時間に、隣室のパーティの続きみたいな顔をしてフラフラと現われると、そこに一つの雰囲気がかもし出されるのだが、彼の芸はその時すでにはじまっているのだと言えよう。そして、この彼の酔漢風の登場ばかりでなく、ワイフのジニーを肴にしたジョークを経てゲスト紹介に至る手順や、伴奏者ケン・レーンのピアノの上に必ずとびのりそこなった後で、コーチに寝ころがって唄う彼のソロナンバーなど、ショー全体に満ちた一種の計算されたマンネリズムのようなものが、彼の芸の質をひきたたせていたように思える。

ぼくが見つづけていたのは、もちろん、海の彼方で製作された番組の電磁気的缶詰に過ぎないのは承知の上で言うのだが、ねェ、ディノの旦那、日曜の夜、旦那と飲めなくなったのは、少なからずさびしいよ！

ショーの軸となったのはディーン・マーティンのパーソナリティであることはもちろんだが、ぼくにとってそれ以上に魅力的だったのは、このショーの中でいつも聴くことのできた数々のスタンダード化したポピュラーソングであった。これらの唄が——たとえば〈サニーサイド〉でも〈テネシーワルツ〉でも〈ギブ・ミー・ア・リトル・キス〉でもいいが——ペギー・リー、ダイナ・ショア、モーガナ・キングといったベテラン（＝オバチャン）歌手によって唄われる時に持つ、いきいきとした説得力は、日本の歌謡曲にも、またビートルズにも、ポスト・ビートルズの歌手群にもないものとして、ぼくにとってかけがえのない何かでありつづけている。

このかけがえのなさのようなものはどこからくるのだろうか？　一つ考えられるのは、テレビもなく、子供のための本も少なかった小学生時代から中学生時代の初めにかけて、ぼくが進駐軍放送を含むラジオのポピュラーソング番組とアメリカ映画ばかり見ていたということである。これらはぼくの感受性にいまだ無自覚なものを含めていろいろな影響を残しただろうが、とくに求愛も失恋もソフィスティケートされたリズムにのせて唄ってしまうポピュラーソング群は、アドレセンス前期のぼくにとって、恋愛感情の、つまり他者の意識の自覚のやさしい教師であった。今、考えるとそこには異性に対する感情の個人的解放感が、当時の六三制教育が体現していた時代感情としての解放感と重なりあって存在していたのだと言えるかも知れない。この解放感に、子供心にも感じられる影がさすのは、先ごろ一部有罪の判決の下った血のメーデー事件の後であるのだから、それ以前のポピュラーソング群が、ぼくの幼少年期の至福のテーマソングとなっていても不思議はない。

しかし、このことは、特定の唄が特定の時代記憶を呼びおこす、という形のなつかしのメロディとはちょっと違うようなのだ。なぜならぼくが、今、ここで述べている印象は、昔、たしかに聴いた唄ばかりではなく、はじめて聴く唄や最近つくられたいくつかの唄についても通用するものだからである。これらを含めたポピュラーソングの全体像は、たぶんこれらの唄がメロディとリズムの緊張した関係をジャズの大海から継承していることをぬきにしては考えられないだろう。それは、歌詞とメロディとリズムが決して完全に一致することなく絶えずたわむれているような構造で、これは先に名を挙げた歌手の中ではペギー・リーのようにジャズバンドの専属歌手としての経験の長い歌手の場合、最も明白に感じられるものだ。ポピュラーソングの魅力の半分は、その解釈にあり、だからこそ白人のスイングダンスバンド全盛時代に育ったオバチャン歌手たちが圧倒的に聴かせるのだし、ディーン・マーティン・ショーについて言えば、その伴奏者がスイング・ダンス・バンドの主流を継承しているレス・ブラウンであることが、その魅力の大きな支えとなっているのだ。

ここまで書いていささかくたびれたので、ペギー・リーやアニタ・オディのレコードを次々とかけて、ひとやすみ……。

さて、たとえば今鳴っているペギーのLP〈ブラック・コーヒー〉の中の〈ラヴミー・オア・リーヴミー〉などは、かなりぼくを酔わせせるのだが、その酔いは、演歌やニューロックが時にもたらす陶酔と全くちがっているようだ。つまり、アメリカのジャジィな小唄は、もちろんその最良の場合だが、演歌のようなはてしない自己沈潜でもなく、ロックのような一気に訪れる自己融解でもない、ゆるやかな螺旋を描いて昂揚する感情をひきおこす。その過程は妙なたとえだが、論理的に説得されていくようであり、ぼくは、深まっていく陶酔を一ステップごとに意識しながらひきこまれていくかのようだ。ここで依然として働いているのはリズムとメロディの独立性で、それはぼくたちの意識をリズムで武装解除しておいて、それからスッと外れるメロディで奥へさらいこむ、あるいはメロディに気をとられている内に、高まるビートで足もとを掘りくずす、というような巧みな相互作用を進行させる。これが、ぼくが先に〝説得力〟と呼んだものに他ならない。

このことに関連して思いだされるのは、昨年の〈11PM〉が行なった〈なつかしのポピュラーソング〉という企画である。これは、笈田敏夫やペギー葉山のようなベテランから、ティーブ釜范や柳澤真一や新倉美子のようにすでにステージを退いた歌手までを含めた大勢をスタジオに集めて、ガヤガヤ思い出話をやりながら、昔の持ち唄を交互に唄わせるという趣向であった。これは意外にも大いにうけて、第二回、第三回が行なわれたほどであったが、ぼくも、ぼくなりにたのしんで毎回のようにテレビの前にすわりこんだものだった。この番組の反応について後にいろいろ聞いたところを総合すると、これがうけたのは主としてぼくらよりもかなり上の世代、つまり終戦後にティーンエイジであった人たちの間であったらしいのだが、ぼくと同世代の友人の中にも、かなりの反響があったのは興味深い。ぼく自身について言えば、番組に出演した歌手の思い出にでてくる時代には、ぼくはほんのジャリであったわけだが、彼らの、ある意味でいやったらしい仲間内の回顧談から閉めだされるような感じがなく、素直に楽しめたのは今考えると不思議である。ぼくの飲み友達で大正建築と連勝馬券の研究家である長谷川堯も、この番組に熱狂した一人だが、彼と、この番組の三回の放送の後、毎回のように話しあって確認したことは、番組に出演した歌手を含めた年長の世代が、過ぎ去った青春の思い出をかつてのヒットソングに託してノスタルジックになっているのに対して、ぼくと彼とは、唄そのものではなく、それらの唄に仮に代表されている感覚のようなものが、今、ここに欲しくてたまらない、ということであった。

これに似たことはもっと最近にもあった。一月末のある日、ぼくと映画狂的評論家の山田宏一は六本木の〈プレイヤーズ〉というピアノバーへ行った。そこのピアニストが、ぼくが脚本に一部協力している山田宏一監督の映画の音楽担当者になるはずなので、あいさつがてら、聴きに行ったのである。そこに行く前に、中華料理をたべながらぼくと山田宏一は、この映画の音楽は〈なつかしのポピュラーソング〉風にいこうということで意見が一致していたので、ピアノバーで飲みはじめると、その決定に応じたリクエストを連発しはじめた。すると、ぼくらの来た時は〈長崎は今日も雨だった〉風のメロディをポロンポロンと弾いていた白面痩身のピアニスト西岡くんは、〈スローボート・トウ・チャイナ〉から〈センチメンタル・ジャーニー〉まで、ぼくらのリクエストを涼しい顔で弾きこなしてくれたのである。（このピアノの傍にすてきな歌い手がいなかったのは残念だなあ。）そして、この時、ぼくと山田宏一がてんでうれしがって話したのも、ノスタルジアではなく、今、これらの唄に代表される感覚が欲しいのだ、ということであった。それは、ぼくたちがつくろうとしている映画の中に、いくぶんか実現されるだろうが、それにしても、一本の映画はぼくたちの飢えを覆うには足りないだろう。

この感覚を、先ほどの説得力という概念に結びつけてパラフレーズすると、それは享受の側から言えばしかるべき手順を経て説得される快感であり、創造の側から言えば、やはり手順をふまえて説得する快感である。それは、説得し、説得されるという関係への信頼を前提としているように思える。けれども、ぼくたちは、今の文化状況の中でそのような関係のひ弱さを知っているからこそ、十全な信頼ではなく、大いなる憧憬として、それらの関係を夢見ているのだとも言えるのである。アメリカの小唄は、そのようなぼくたちの飢えのたえざる自覚として、やはり独特の魅惑を持ちつづけているのだ。

（「ユリイカ」一九七〇年四月号）

詩的快楽の私的報告

1

ここ数年は詩作の数が減った。依頼があれば必らず書くようにしているが、それ以上は書かないので年に五、六篇というところだろうか。詩篇として完成させる以前の素材となるメモを気ままに書くことはかなりやっているが、それも以前に比べれば少ない。

詩作の減った理由は、ごく日常的なレベルで言って、詩作以外のことに時間を占拠されることが多くなったからである。つまり、いそがしいから書かなくなったわけだ。

と、こう書くとすぐに、この文章の読者からの批判的な視線を予感してしまう。お前の詩は日常的ないそがしさに圧倒されてしまう程度の趣味的なものなのかい、と言うような……。

しかし、いそがしいと書けないのか？　と問われれば、ぼくはぼくの習い覚えた詩作の方法ではどうしてもそうなる、としか答える他ない。日常的にいくらいそがしくても詩が書ける、というタイプの人もたぶん少なくないだろう。それはたぶん日常的ないそがしさそのものが、感情的なルートを経て、詩の素材となっているからだろう。けれど、ぼくはいそがしさの中では一行も書けないのだ。かつてぼくはある詩篇の中に

「出張はしょっちゅうだ
　新幹線は感心せん」（＊1）

という行を挿入して、当時の自分のまさに日常的な多忙を嘆いてみせたが、それでも、この詩そのものを書きつつあった時には、そのような多忙さから自分を隔離して、かなりのんびりとしていたはずである。

2

　では現在のぼくが、いそがしいままに詩作への関心を薄めているか、と言うと決してそんなことはなく、詩を書くことは依然としてぼくにとって一番おもしろいことであり続けている。（ここで〝おもしろい〟と言うのはもちろん詩を書く時に不可避的に背負いこむ自分の言語意識の点検からくる苦痛をも含めてのことであるが…。）

　問題はむしろ、それがおもしろ過ぎることにあるのではないか、とぼくは思う。と言うのは、ぼくはひとたび詩篇を完成させようとするとそれに没頭してしまい、他のことはなにもできなくなってしまうからだ。詩作のスリリングな魅惑の前では、仕事の予定や他の原稿の締切などはどうでも良くなってしまう。詩作がぼくの日常的なスケジュールを崩してしまうのは昔も今も同じだが、現象的ないそがしさが増した最近では、それだけ被害が大きくなったわけである。

　つまり、ぼくの詩作が数量的に減ったのは飲みだすと止まらなくなることを自覚している酒飲みが、自制して飲酒の機会を遠ざけているのに似ている。そして酒飲みが酒の味を忘れることがないように、ぼくも詩作の味を忘れたことはない。

3

詩作に没頭すると言っても、それは決して机の前に座りこんで苦吟しているというような状態ではない。散歩したり、テレビをぼんやりみたり、好きな詩集や写真集を見たりして、つまりブラブラしているのだが、その間は詩のことが頭から離れないので、他のことには神経が集中できず、まともなことは何もできない。そしてこれが二、三日から一週間は続く。ぼくにとって詩作とは実に怠惰で非能率的な、ぜいたくな時間の消費なのだ。

これは言いかえれば、何かがやってくるのをあてもなく待っている状態だ。ぼくの詩はいわゆる〝内的要求〟(内部とはいったいなんだろう?)が高まって止むに止まれずほとばしり出たいと言うようなものではないらしい。詩を書きたいという気持はいつも潜在しているし、その気持に一度身をまかせると自分でも収拾がつかなくなるくらいだから、ぼくにも詩作への衝動みたいなものが宿っているらしいが、詩句そのものは、どうもぼくの(?)内部からではなく、外から訪れるものらしい。

詩を書きたい気持、というのはどこか外から言葉を呼びこんで、自分の身体を通過させたいという飢えのようなものだ。そしてぼくの内にあるのはたぶん、この飢えに似た感情のひそかな持続だけである。そしてこの飢えた獣は、ぼくにとって今のところ、まあ年に五、六篇の詩篇を食うと、後は日常的ないそがしさの水面下でおとなしく眠っていてくれるようだ。

4

ぼくは映画批評や建築論を書いた時もたいてい〝詩人〟と呼ばれる。こういうのは便宜的なフチョウだから基本的にはどうでもいいことだろう。ぼくは〝詩人〟を自称したことはないが、自分の書くものの大部分が詩篇か詩に関する文章であった時期には、世間的なフチョウとしては〝詩人〟と呼ばれることにさしたる抵抗感もなかった。しかし現在のように詩に直接関りのない場で、ぼくの書いたものが公表される機会が多くなり、他方、詩作の機会が減ると、なんとなくこの呼び名は居心地が悪い。詩は数が多ければいいというようなものではないことはもちろんだが、年に五、六篇、（と言うことは二カ月に一篇ぐらい）の詩を書き、それ以上に別の分野の仕事をしている人は世間的なフチョウとしても〝詩人〟なのだろうか。それは、言わゆる趣味として詩らしきものを書く人と見分けがつかないのではないだろうか。ところが、実感としては、ぼくにとっての詩とは趣味という言葉にはあてはまらない。そう呼ぶよりも、もっと何か余裕のない、切迫した存在であるような気がする。

昔、谷川俊太郎が月に一つや二つの詩を書いて詩人を自称するのはおこがましい、と言うようなことを書いているのを読んで、それなりに共感したことがあるが、その規準に照らせば、今のぼくなど外見上は趣味的な詩作者と大差ないわけだ。もっとも谷川説は詩人を一つのプロフェッションとしてとらえる発想を源としているから、現在のぼくの思考に必らずしも一致しない。

ぼくは、あの自分でも収拾のつかない飢えの存在を感じると、対社会的なことはとにかく、自己認識としては、自分は〝詩人〟なのだ、と居直っても良いような気がする。もっとも、こうして社会性を消去してみると〝詩人〟という呼び名も〝酒飲み〟というのと同じニュアンスになってくるが、それでも、たんに〝お酒を飲める人〟と〝酒飲み〟とはやっぱり、たいへん違うのではないだろうか？

5

ぼくは、たんに〝お酒を飲む人〟ではなくて〝酒飲み〟だというのと同じニュアンスで自分が〝詩を書く人〟ではなくて〝詩人〟なのだと思う。しかし、それ以上に自分の詩や詩人としての位置について考えたくはない。この点でぼくは鈴木志郎康が今年の現代詩手帖の一月号で「詩は書き、読むものであって、考えの対象にしたいとは思わないのだ」と言っているのと同じ思いにある。ついでに言えば同じ文章で鈴木が「殆んど絶え間なく、面白い詩が書けないかなア、と思っている」と書いているのも、今のぼくの気持に近い。鈴木の方が怠惰なぼくよりずっと多作だし、また書く詩の傾向も違うのだけれど、今度の鈴木の文章を読むと、自分自身の詩作に対する姿勢という点では、この今はかなり遠くに感じている詩人とぼくとは共通性があるように感じるのだ。

ところで、この小文は「六〇年代詩人のありか」とかいう類の特集の中に組みこまれるらしいのだが、社会性を全く消去した詩人＝酒飲み説にとどまる限り（ぼくは今のところそこにとどまっていたいのだが）六〇年代も七〇年代も姿を現わさない。六〇年代、七〇年代というジャーナリスティクな区分にぼくがまったく無関心でいられるはずもないが、詩を書くことの現場に関する限り、ぼくはただ自分にとっての詩的快楽に憑かれ、言葉を呼びこむ飢えに身をまかせてきただけで、時代はそのはるか上空を過ぎていった。

と言うよりも、詩作の現場を基準にして見れば、時代すらも過ぎ去っていかなかった、と言うべきではないだろうか。過ぎ去っていったのは、行きずりの恋のようにまぶしくなつかしい日常の断片だけで、ぼくの詩はひとつの場所にとどまり続けたようである。

「過ぎゆくのは時代ではないぼくたちでもない
　うごいていくやさしい飢えの内側にぼくたちはとどまり
　去っていくものは
　美しい白い背中を見せる」（＊2）

と言うのが、ぼくにとっての六〇年代であり七〇年代だった。

6

ぼくの詩作の持続の形を説明するのにはぼくが過去に書いた文章の一部が適当なので多少長くなるが次に引用することを許していただきたい。

「……この間にぼくは、詩を書くことが、とりわけそれを持続することが、小学校の作文の時間にやったように気軽なたのしみをもたらす才気だけで出来ることではなく、困難と苦痛を伴うことであることを否応なく感じさせられてきたようだ。……と、こう書いてすぐにこの〝困難と苦痛〟という表現の大げさな響きをあわてて打ち消したくなるのだが、それは、苦しければたかが詩を書くことなどすぐに止めてしまえばいいのだ、という考えの一面の真実を、ぼくはよく知っているつもりだからだ。それにもかかわらず、詩を書き続けてきたのは、やはり、書くことが、その苦痛と切り離せない麻薬のような快楽を、ぼくにもたらし続けたからであろう。このような快楽の味を知ったものにとっては、詩を書くことは、もはや〝たかが〟詩を書くことではない、というのはもう一つの不可避的な真実である。

そういう快楽の存在を認め、いつ止めてもいいものをぼくが書き続けていたのは、誰のためでもない自分のための勝手気ままなのだというところに居直りつつ考えると、時と共に書くことの困難と苦痛が増大してきたのは、ぼくが自分の書き方を変えなかったことに、かなりのかかわりがあるように思える。もちろん短いようで長かった歳月の間に、ぼくの表現は少しづつ変化し、一種の稚なさからいくらか強靱な筋肉を獲得したと思うが、それでも、ぼくは最初にぼくが漠然とではあるが、こういうものが詩だ、と思った形を——その決して見えないし触れようとすれば指先をすりぬけていくが、確実にその存在が感じられる基本的なフォームを——崩すことなく今日まできたと思う。（別の機会に書いたように、ぼくはこの基本的フォームを日本の戦後詩の一つの黄金時代の産物である五〇年代後半の詩集群から、現在進行形の形で、一つの啓示のように与えられたのである。）同じ坑道を十七年間も掘り続けていれば、幾度か断層や落盤に出会うのが当然だが、そのたびに、ぼくは多少の迂回はしても、引返して別の坑道を探すことはせずに、どうやら掘り進んできたのだ。こう書くと誇らし気だが、別の観点からすれば、これはぼくが方法上の自己否定を経験していないということであり、それはつまりぼくの詩作の限界を示すものでもあるだろう。しかしまた、この坑道を掘り進むことは、ぼくにとっての、苦痛と分ちがたい快楽の本質的なあり方であり、その意味で、ぼくに選択の余地はなかったのである。」（＊3）

7

かくのごとく自分の停滞ぶりを告白してしまうと、これから先、ぼくの書けることはあまりない。出来るのはちょうど酒飲みが酒の味について語るように、詩作の感覚を語ることぐらいだろう。しかも、ごく素朴な形で…………。

詩作の感覚を反芻《はんすう》してみると、最初に問題になるのは、言葉というものの不思議さである。まず、ごく日常的なレベルで言って、言葉は、自在に出現する。たとえば、今ぼくは深夜ウィスキーをなめながらこの文章を書いていて、あたりは薄暗く、灯油不足で暖房を低く調整しているので足もとは寒く、少し眠いし、原稿は終りそうもないし、とにかくあまり快適ではないのだが、そこで暖い初夏の日を想いつつ

「樹洩れ陽」

と書くと、樹洩れ陽がそこに出現する。（これはもちろん〝樹洩れ陽のイメージ〟である。そしてイメージとは非在を措定するものだ、という全く正しい論理に立ち入ると叙述が不必要に複雑になるので、あえて〝樹洩れ陽の出現〟と言っておく）

同じようにぼくは「潮騒」とか「蒼い空」とか書くことができる。

つまりぼくはここに座っているだけで何でも書けるのだ。

しかし、これは、もちろん、手のつけられぬほど楽観的な考えであろう。

8

言葉があれば何でも書ける、というのはおそろしい錯覚である。

言葉は放っておけばすぐに崩壊する。ぼくはここで教科書風に「イヌ」とか「イエ」とかの単語を例にとらず、わざと言わば自分の好みの詩語である「樹洩れ陽」と言う言葉を示したのだが、この、ぼくにとって個人的に豊かな含みを持つ語さえ、書いてそのまま見つめていると、だんだん意味のない、イメージを生まない「コ・モ・レ・ビ」という音に、あるいは紙の上の汚点にと変貌していく。

言葉、とくに動きのない単語というものは人間の顔に似ていないだろうか。親しい恋人の顔でも、放心しつつ見つめていると、何か顔でないものに向っていっさんにずり落ちていく……ちょうど、そのように今、「樹洩れ陽」は「樹洩れ陽」でないもの、巨大な無意味に向ってずり落ちていくのだ。

9

詩作の最初の段階にあるのは、この言葉の崩壊を食いとめることである。そのためにはとにかく、どんどん書き続ける他ない。一つの言葉を別の言葉で支え、運動を与えることで、言葉の崩壊は、一瞬とどめられる。

そこでぼくは

①「きみの額に樹洩れ陽が落ち」
②「樹洩れ陽がきみの額に地図を描き」
③「樹洩れ陽に染め分けられたきみの額に一枚の地図が浮かび上り」

と言う風に書き進む。こうして紙面の上に仮想的な力学を展開しつつ、言葉の崩壊を食い止める、一つのタクティクスが詩作の危険な魅惑のはじまりであり、この段階に入ると、酒飲みが禁を破って飲みはじめたように、ぼくにとって他のことはどうでもよくなりはじめる。もちろんこの間、ぼくは紙に向って書き続けているばかりではなく、ひたすらブラブラしているのであるが……。

10

こうして言葉は少なくともぼくの魅惑の感受の中では、崩壊への下降を止め、未知の詩篇は「地図のように浮かび上り」はじめる。そう、問題は浮かび上るものであり、浮かび上る場である。そう感じながら、ぼくはまた書き変える。

④「樹洩れ陽に染め分けられた裸身の上に
ゆらゆらと緑の海図が浮かび上り」

この「海図」という単語が引金となって、浮び上る場に「海」が押し寄せてくる。潮が満ちてくる。そして④は次のように続けられる。

④′「満ちてくる記憶の潮は
ゆっくりときみの肩を濡らし胸を覆い
ぼくたちを覆いつくす」

ここでぼくは、過去に自分が書いた詩を追体験しているので、叙述が都合よく整理されすぎている気味もあるが、解りやすく詩作の過程を述べると、どうしてもこんな風にしかならない。（＊4）

11

それにしても④＋④′は、整ってはいるが、書きならべて見ると、まだ、ぼくにとってはつまらない詩句である。そうすると、この一連全体が、内部の動きを止めて凍りつき、そのまま、あの一つの単語のように、ズルズルと遠くへ滑り落ちて行きそうになる。そこでぼくはまたひたすらブラブラするのだが、その内に、なぜだか解らないが（これが解れば苦労もしないが、詩を書くことの魅惑もまたなくなる）一つの単語が、この崩壊を一気に食いとめる。そして、どうやら一連の詩句が次のように完成する。

⑤「樹洩れ陽に染め分けられた裸身の上に
　ゆらゆらと緑の海図が浮かび上り
　満ちてくる記憶の潮は
　きみの肩を濡らし胸を覆い
　ぼくたちの座礁点を隠す」

「座礁点」という単語は、たしかにぼくにとって大切な何かを言い当てていて、その当りの感覚が、（少なくともぼくにとっては）一連の詩句を、崩壊から救い、浮上した状態につなぎとめる。この「当り」の感覚が詩作の魅惑の第二段階である。

12

実際に一篇の詩が完成するためには、いくつもの連を平行して書き進め、詩行を並べ変えたり、修正したりしているうちには迷いや後もどりが多いから、こんな風にスムーズには進まない。そして詩の一連の〝当り〟はさらにいくつかの連をつなぎとめる〝当り〟、最終的には詩篇全体を完成させる〝当り〟によって支えられなければならないから、右の二つの段階が、多重的に継起していくわけである。しかし、そのことについて、さらに詳細に述べていくのは、空しく退屈な作業なので止めておこう。

13

「座礁点」という言葉が、何かを言い当てているとしたら〝何か〟とはなんだろう。

この言葉が、ぼくの停滞の自覚と響きあっていることは確かであるが、それは〝当り〟の感じを説明しきるのに十分ではない。この単語はたとえば「海」とか「潮」とか、さらに逆のぼって「樹洩れ陽」とか言う言葉との関連や対照によって生ずる仮想的な力場の中で一つの役割を果しているからだ。

これ以上の追求は、しょせん一つの「解釈」にしか到達しない。そして自分の詩の解釈など、それを書いてしまったぼくにはまったくどうでもいいことである。

ただ、詩作の魅惑に関して言えば、「座礁点」という言葉が最初にあって、そこから、詩が展開しはじめたのではなくて、それが一つの展開の終りに来たのだ、ということはぼくにとって重要である。ぼくは一つの〝当り〟に遭遇したのだが、それは文字通り遭遇であって、何かに狙いを定めていたわけではない。詩を書く時、ぼくは何かを〝言おう〟としているのではない。

14

何かを〝言おう〟としているのではない、と言うのはほんとうだろうか。なぜなら、言葉の仮想的な力場を読みとるのも、言葉が何かに当ったと判断するのも、まぎれもなく、ぼく自身であり、こうして完成した詩篇にはぼく自身の「私」の影が投げられている。つまり、外から呼びこまれた言葉は、ぼくの身体を貫くことによって、磁化され、詩篇となったのだろうか？　だいたい、ぼくとはぼくの身体なのだろうか？

15

詩作について考える時、言葉に次いで問題になるのは、言葉の対極にあるように見える「私」である。

「私」がたとえば〝身体〟と言う風に一つの実体であるならば、全ては単純である。しかし詩作の全過程において「私」とは決して実体化されない。「私」とはふと振りかえれば、そこに存在する「内部」と言うようなものではない。

ぼくは先ほどから「言葉を呼びこむ」と述べてきたが、言葉が呼びこまれる場は決して「内部」ではない。

16

それにもかかわらず、ぼくは詩作の全過程で、「私」の存在を感じている。つまりぼくにとっての詩とは、どう考えても「誰も語らない。言葉が語る」というものではなく、やはり「私が語る」ものであり、少なくとも「語りだそうとしている私」の影がある。

これはぼく自身の詩が、屈折した形ながらも、やはり抒情詩である、と言うことになるのだろうか。

17

他のことはいざ知らず、詩作の過程において、「私」とは存在するものではなく、存在しようとするもの、語りだそうとするものだ。

18

「私」とは、非反省的な意識と世界との間に走る一本の亀裂であり、距離であり、奈落である。「私」が飢えているのではなく、言葉を呼びこもうとする飢えそのものが、未然の「私」である。

詩は、その「私」であろうとする奈落をサーッとよぎっていく暗い奇蹟の軌跡ではないか。

註

＊1 「氷柱花」（詩集『歳月の御料理』一九七二・思潮社刊所収）

＊2 「うごいていく飢えの内側に」（詩集『首都の休暇』一九六九・思潮社刊　及び『渡辺武信詩集』一九七〇・思潮社刊所収）

＊3 詩集『蜜月・反蜜月』（一九七二・山梨シルクセンター出版部《現在はサンリオ出版》刊のあとがきより）

＊4 ここに例として利用しているのは「遠いめざめ」（前記『蜜月・反蜜月』所収）の第一連である。

（「現代詩手帖」一九七四年三月号）

歌から原理へ　詩的六〇年代の私的回想

0

戦後詩における一九六〇年代を歴史的文脈の中で叙述するという仕事は、その時代からある距離をとった視点を持てる人に委任されるべきものであろう。私にとって六〇年代は自分の年齢の二十代にほぼ重なる時期で、若さにまかせて夢中で詩を書いていたし、またそこでともかくも一つのポジションを守ったというひそかな自負もあるから、時代の雰囲気とでも言うべきものは肌で感じて知っているつもりである。しかしそれは言い替えれば、自分のポジションからしか時代が見えないということでもあり、俯瞰的な視野はついに私のものになり得ない。これは六〇年代が二昔前になった今でもそうで、当事者にとっては時間は必ずしも客観的距離にならないのだ。したがって本稿は、詩的六〇年代の歴史的展望というよりも、その渦中にあった書き手の一人が将来書かれるかもしれない詩史の仮想の執筆者に、資料として提供する私的メモランダムの域にとどまらざるを得ない。

1

西暦のラウンド・ナンバーごとの時代区分が便宜的なものに過ぎないことを前提にしても、日本の戦後詩における六〇年代は、その活況によってくっきりした像を持った一つの時代であるように思われる。これは主として、六〇年代の前半に新しい詩の書き手が数多く、しかもいずれも当時二十代の始めにあるという年齢的にも一つのまとまった層をなして登場したこと、そしてまた、これらの人々が六〇年代を通じて活気のある同人誌に拠って詩作を世に問い続けたことから生じる印象である。その状況をとりあえず現象的に追ってみると、六〇年代初め、一九六〇年から六四年の間の四年間には次のように新しい書き手による同人誌の創刊が続いた。

一九六〇　「暴走」創刊、「三田詩人」復刊

一九六一　「バッテン」創刊

一九六二「ドラムカン」「あんかるわ」「ノッポとチビ」創刊
一九六三「ぎゃあ」「長帽子」創刊
一九六四「暴走」「バッテン」が合併して「凶区」創刊

後に謂わゆる「六〇年代詩人」と見なされるようになった人々のほとんどはこれらの同人誌に属して活動を始めており、中でもその中核となったのは、創刊当時「暴走＋バッテン　グループ」と称していた「凶区」の同人十名と、「三田詩人」系の若手からなる「ドラムカン」の同人四名、それに「あんかるわ」の北川透、「ノッポとチビ」の清水哲男、創刊年が不明で右のリストに記されていない「鳥」の長田弘あたりまでを加えた十七、八名であろう。もちろん、六〇年代を通してみれば、この他にも「ぎゃあ」の八木忠栄、岡庭昇、「長帽子」の郷原宏、安宅夏夫など充実した仕事を残した人々も居るが、彼らは世代的にも、その活躍時期のピークから見ても「謂わゆる六〇年代詩人」の群から少し離れたポジションにある。ちなみに「凶区」同人の生れ年は、ずっと後になって参加した〝愛読者出身〟の金井美恵子を除けば、一九三五年四月生れの鈴木志郎康から一九三八年八月生れの高野民雄の間にあるのだが、「ドラムカン」の会田千衣子、井上輝夫、岡田隆彦、吉増剛造、そして北川透、清水哲男、長田弘らもこの三年間余のうちに生れているはずで、この年齢的接近は「謂わゆる六〇年代詩人」たちを一つの世代層として印象づけるのに少なからず貢献したようだ。これらの詩人たちは同人誌を拠点として詩作を続ける一方、その成果を次々と詩集にまとめたので、ここに一々記さないが六〇年から六五年までは六〇年代詩人の詩集の刊行ラッシュによっても目立つ期間である。

2

しかしこのようにして描かれる六〇年代のイメージは多分に現象的なレベルにとどまっていて、その内実を記録しようとすると、「くっきりした像」と思われたものが意外にぼやけてくるのだが、これは六〇年代の活況というものが実はその前後、つまり五〇年代、七〇年代というきわめて対照的な二つの時代の橋渡しをすることからエネルギーを得ていることによるのではないかと思われる。歴史、とくに文化芸術の領域の歴史の流れの中に人為的な便宜として一つの時代を区切れば、そこに前の時代から継承される要素と後の時代へ発展して行く要素が併存するのは当然のことだが、私の感じ方によると戦後史における六〇年代にはそうした様相が当然のレベルを超えて色濃いのである。

では詩的六〇年代の内実をなしていた二つの要素とは何か。とりあえずニュアンスの説明抜きで言っておくと、五〇年代から継承されたのは「歌」であり、七〇年代に向かって胎動していたのは「原理」であった。

3

新しい書き手の登場だけがクローズ・アップされがちな六〇年代の初めには、当然のことながら五〇年代に登場した詩人たちも健在であった。いや、たんに健在であったと言うよりも、それは既に評価を確立していた彼らの仕事がいよいよ多彩に開花し、詩集の形にまとめられて次の世代の書き手でもある読者に続々と手渡された豊饒な収穫期でさえあったのだ。

その状況を、やや私の好みに偏するかも知れないが、具体的に描きだしてみると、「凶区」「ドラムカン」に集う書き手たちの少なくとも大部分の憧憬の的であった飯島耕一と大岡信が、自分の詩作を手に入りやすい選詩集の形で書肆ユリイカから刊行したのは六〇年のことであり、この年には谷川俊太郎の『あなたに』も出た。六一年には入沢康夫の『古い土地』が刊行され、続く六二年はとくに賑やかで、岩田宏の『頭脳の戦争』、入沢康夫の『ランゲルハンス氏の島』、清岡卓行の『日常』、吉岡実の『紡錘形』、谷川俊太郎の『21』、大岡信の『わが詩と真実』が一斉に出た。そのためか六三年には先達たちにめぼしい詩集がないが、次の六四年には岩田宏の『グアンタナモ』、堀川正美の『太平洋』が刊行され……という具合で、六〇年代初頭の私たちは、同人誌に書いたり自分の詩集を出したりしながらも、これらの詩人たちの作品を消化し、論じ合うのに忙しかったのである。

ここに詩集の著者として名を挙げられた詩人たちのうち、飯島、岩田、大岡、清岡、吉岡は五九年に創刊された「鰐」の同人であり、大岡、谷川は、茨木のり子、川崎洋、岸田衿子、友竹辰、水尾比呂志と共に五〇年代の同人誌の雄であり六五年に復刊された「櫂」の同人であった。「鰐」や「櫂」は「凶区」「ドラムカン」と並行して刊行され続けていたのであり、このことは既に評価を確立した詩人たちも詩壇的ジャーナリズムの外に自分の創造の場を確保するという時代の気分の証として記憶に値いしよう。

4

この時期、つまりおおざっぱに言って六〇年代の前半までは、日本語の詩の「言葉の力」が信じられていたように思う。言い替えれば「書くこと」に対する懐疑がなく、したがってその根拠が少なくとも公には問われなかったのである。もちろん個々の詩作にとって書くことは困難でしばしば苦痛を伴い、その中に当然自己懐疑は生じたが、それは「書くこと」そのものに対する懐疑ではないがゆえに詩の言葉への信頼は揺るがなかったのだ。

そうした信頼を支えていたのが、私が仮にここで「歌」と呼ぶものである。それはより具体的に言えば、五〇年代に登場した詩人たちの詩作品の豊かな成果を通して確かな実体として存在した魅惑であった。まだ自分で詩を書き始める前のことだが、私は大岡信の『記憶と現在』一冊を手にすれば長い長い夏の午後を幾日となく続けてめくるめくような陶酔のうちに過ごすことができたし、また書き始めた後では六〇年代の初めに書評紙（たしか「日本読書新聞」）の一面いっぱいに岩田宏の長篇詩「グアンタナモ」が発表された時には全身が熱くなるのを覚え、その「グアンタナモ、われわれの夢のかけら」というリフレインは数日間胸の中に鳴り続けたものだった。

この魅惑の本質を他の言葉にパラフレーズするのは難しいが、私は以前にそれを次のような形容でどうにか定着しようと試みた。

「五〇年代中葉における新詩人たちの詩がぼくに与えてくれたのは言語の官能性の発見だと言ってもよいだろう。この可能性は意識の面では感覚器官の全面的な肯定に、表現の面では詩句の孕む運動感によって支えられている。そして、この二つの支柱は相互に緊密に関連を持っている。なぜなら、感覚器官の肯定は、観念に凝縮される思想への不信から生れたものであり、それが表現の上で、観念と意味との厳密な対応性よりも、主として言葉の持つ視覚的映像の多義性、曖昧性を重視する技法として結実し、この映像の多義性の積極的活用によって詩句の運動感がつくりだされているからである。」（「戦後詩から受けとったもの」、「ユリイカ」七一年十二月号）

このような私の個人史的出来事がどれだけの普遍性を持つものかは必ずしも確実ではないが、私が詩作を通じて出会った同世代の友人たちと自分たちに先行する詩を論じあった経験から想像するに、五〇年代後半から六〇年代前半までの詩の享受のされ方はおおよそこのようなものであり、「凶区」「ドラムカン」の詩人たちは、戦後詩を全く読まずに書きはじめたという鈴木を除けば、具体的な形は異なっても、詩の受け取り方に関して似たような体験を持っているのではないかと思われる。

このような体験を重ねると、自分の才能に対する懐疑は別として、日本語で優れた詩が書かれ、それが読む者にとってはもちろん書く者にとってもかけがえのない快楽になるという可能性は疑い得ない。

五〇年代に華麗に鳴った戦後詩の「歌」、それは大岡信の言う「感受性の祝祭」の所産であった。私と同世代の菅谷規矩雄は、戦後詩の五〇年代末を「書くもののアドレッセンスと享受するもののアドレッセンスが合してひびきあい、歌うことのまぼろしを、あざやかにうかびたたせた数年」と形容したが、それは私が書きはじめた六〇年代にも延長されていたのであり、そこには読む者と書く者の言語感覚の共和国が成立していた。岡田隆彦の飯島耕一論「センチメンタリズムの求心力」や私自身の岩田宏論「優しい呪術師の遅れた時計」、大岡信論「感覚の至福からのいたましき目覚め」が六〇年代から五〇年代への恋文、あるいはオマージュとして書かれたのも、そうした状況を反映している。

……しかし予め予告したように、これは時代の一つの側面に過ぎない。

5

六〇年代はまた、この「歌」が一種の飽和状態に達し、自らを「まぼろし」と自覚することを強いられた時代でもあった。

その直接の契機の一つは六五年に谷川雁が荒地出版社刊の『鮎川信夫全詩集』の書評の中で記した「詩がほろんだことを知らぬ人が多い」という言葉である。この一節がきっかけになって「現代詩手帖」が六六年二〜三月号に連続して「詩はほろびたか?」という特集を組むなど、その波紋は大きく広がった。

当時も指摘されていたことだが、谷川雁は六〇年代の初めにそれまでの自分の詩業を全一巻にまとめた詩集を刊行し、その「あとがき」の中で詩作から離れると宣言し、その一年後の六一年に発表された「断言肯定命題」というエッセイの中で「詩はほろびた」と述べていた。ほぼ同趣旨の発言が六一年にはさしたる話題にならず、六五年には大きな反響を呼び起したのは、以前には個人的感慨と受け取られたものが数年の時の経過のうちに時代的必然のように感じられるようになったからであろう。

谷川雁のこの発言に対して、当時活発に詩作を行なっていた五〇年代、六〇年代の詩人たちがどのように反応したかを追求して行くのは興味深い問題だが、それは本稿の守備範囲ではない。ただ、ここで記しておきたいのは、それらの反応が個々の詩人の詩作に対する姿勢をじつにビビッドに反映したことである。もっとも私自身を含めて谷川雁の状況認識をそのまま肯定した者はいなかった。しかし、その反響の大きさは、この問題提起が、当時、詩人たちが個々に感じていた歌の飽和に根ざす懐疑を鋭く撃ったことを示している。

このようにして露頭した詩の存立根拠への意識は六八年四月に「現代詩文庫」の刊行を記念して新宿厚生年金会館小ホールで催された公開討論会「詩に何ができるか?」に引き継がれる。この討論会では岩田宏、入沢康夫、大岡信、谷川俊太郎、富岡多恵子、中江俊夫、山本太郎という五〇年代に評価を確立した詩人たちと、天沢退二郎、長田弘、菅谷規矩雄、鈴木志郎康、渡辺武信の六〇年代以後に登場した書き手が一堂に会した(菅谷、渡辺は共同司会者）。この討論会の模様は「現代詩手帖」七月号に採録されたが、それを今読みかえしてみると、編集者によって設定された問いかけの形が議論を盛り上げるのに必ずしも適切ではなかったらしく、司会者としての私が「自閉症的」と形容したことに端的に現われているように、出席者たちが自己防衛的、回避的にのみ語っているので、討議自身にはさして見るべき内容がないのだが、このような会が行なわれて、詩人たちが原理的問いかけを受ける場に立つことを（個人的には拒否する自由はあったが、全体の状況からすると結果的には）強いられ、それが多数の聴衆を集めたところに時代相の反映をあらためて色濃く感じる。つまり「詩に何ができるか？」という設問は、谷川雁の問題提起と同様に、具体的な表現は的を射たものではなかったにしろ、その広い振幅のうちに時代の言語状況の核心をとらえていたのである。既に六〇年代末に入っていたものの、謂わゆる五〇年代詩人と六〇年代詩人の連合から成るこの討論会のメンバーは、まさに「五〇年代の延長としての六〇年代前半」の雰囲気を象徴する構成であったと言えよう。しかしそこで語られたのは歌ではなく歌への懐疑であり、「感受性の祝祭」は既に過ぎ去りつつあったのである。

6

「詩はほろんだ（のか？）」、「詩に何ができるか？」という二つの原理的問いかけと、それが惹き起した論議は、ジャーナリスティックには重要なトピックスであり、そういうものとして時代相を如実に反映してはいるのだが、言語状況の本質に関する限り、詩人たちが「詩について」語ったことは二次資料に過ぎないと言う意味では表層的な出来事である。六〇年代後半から七〇年代へと展開して行く言語状況の変化の本質は、もっと奥深いところで個々の詩人の言語感覚に及び、それを通じて詩作品そのものの中に屈折した姿を現わしているように思える。

私たちを詩の方へと誘惑するべく華麗な歌を聞かせてくれていた五〇年代詩人たちの声はいつからか、くぐもった苦しげな響きを含み始めた。それは一つの事件のように或る日突然起こったのではなく、六〇年代半ばから七〇年代初めにかけて個々の詩人たちを一人、また一人とその個々の宿命に応じて訪れた変化であった。私にとってその経過は少年期に同じ年頃の友人たちの間に声変わりの宿命が広がって行くのを見るのに似ていた。

私が最初にこの変化を感じとったのは六五年に堀川正美が発表した組詩「夢は梵のまぼろし」に接した時である。発表時に組詩の末尾に置かれた「開示するなにかの花」という作品は「紫／火／詩」という一字ずつからなる三行で閉じられる。この終連の、言語の運動をひたすら静止へと収斂させるような印象は、嘗ての堀川正美の詩の終連が余韻として残した一種の胸騒がしさとは全く別のものであり、そのことを私は「六五年版現代詩年鑑」の状況展望の中で「ここにはまさに書かれるものとしての詩そのものがこのわずか十六行の詩篇を通ることによって自らの限界に達して、沈黙の中へと終っていくような感じがある」と記した。こうした印象は、同じ年に谷川俊太郎の書いた「水の輪廻」の終連の「老いる三角洲／揺れる水母／単細胞」という三行にも共通している。この二つの詩から連想して回顧すると、大岡信も既に六〇年代初めの「マリリン」で「マリリン／マリーン／ブルー」という終連を書いていた。これらの三人の詩人は何れも詩の中では比較的饒舌体を駆使した人々であり、彼らが数年の間に集中して示した詩句の縮小均衡とでも言うべき現象は、その個々の詩作品が優れていればいるほど際だって印象に残るのである。そして、これらの縮小均衡的終連を持つ作品は、それ一つが必ずしも明確な分水嶺になるのではないが、マクロに見るとこの三人の詩人の作風の変化の契機を形成している。

もちろん私はここで詩句の縮小均衡、つまり短いフレーズを連ねた体言どめの終連を書くという技法そのものを問題にしているわけではない。そうではなくて、これらの終連が与える効果が、嘗ての祝祭的な時期の詩の、詩が終っても言葉が動き続け広がり続ける一種なまめかしい魅惑、先に使った表現で言えば言葉の官能性と運動感が稀薄化したことを問題にしているのである。この官能性と運動感の稀薄化は縮小均衡とは異なる形でも現われる。たとえば飯島耕一の場合は詩集『何処へ』の中の「われわれにとってのことば」がほぼ五〇年代の作風の終りを示し、それ以後は後年の「next」や「上野をさまよって奥羽を透視する」に典型的に示されるように、むしろ一層饒舌になりつつ詩句の凝縮を回避するという形で官能性と運動感を失っていった。五〇年代詩人の中でもともと最も成熟した風格を示していた清岡卓行は読者としての私の目にはごく自然に小説の世界へ転身し、五〇年代の輝かしき〝やんちゃ〟であった岩田宏は、とりたてて作風の変化を見せぬまま突然、詩から離れて行った。六〇年代初頭に起こった谷川雁の沈黙への移行も、その個人的モチーフはどこにあるにしろ、マクロに見ればこれらと同じ歴史的文脈の中でとらえることができよう。五〇年代詩人の中で、詩の原理に対する時代的覚醒に影響された詩法の転換をとりたてて見せなかったのは入沢康夫である。入沢康夫がやや例外的な存在になったのは、彼が六八年に『詩の構造に関する覚え書』としてまとめられる詩観を通して早くから原理に目覚め、実作においても五〇年代的な「歌」の核であった広義の抒情性を詩句の中から追放し、あるいは少なくともそれを表面に見せずに深く埋込んで秘匿し、「書くこと」そのものをテーマとして立てることによって時代に先んじていたからではないかと思われる。

7

六〇年代後半から七〇年代にかけてのこのような言語状況の変化に詩句の中で最も率直に反応していたのは、多分、谷川俊太郎である。彼は六八年に発表された「鳥羽」という組詩の冒頭に「何ひとつ書くことはない」という一行を書いたが、それは同時に別の詩（「anonym 1」）の中に明確に記されているように「黙っているのなら／黙っていると言わねばならない／書けないのなら／書けないと書かねばならない」という意識に裏付けられたフレーズであった。

ここに端的に現われているように、詩的言語の官能性と運動感の稀薄化という形で五〇年代的「歌」の衰退をもたらしたのは、多くの詩人たちが自らの詩の根拠を問うことなくして、つまり「書くこと」を意識することなくしては書けなくなったという言語意識の変化であった。これは「原理」による「歌」の侵略、と言い替えることもできるような状況である。

8

このような状況の推移のうちに六〇年代が過ぎてみると、私はいつのまにか、魅惑的な詩の生成現場に立ちあいつつ、それに刺激されて自分も書くという幸せを奪われていた。そして五〇年代詩人たちを訪れた変化は、時の経過と共に六〇年代詩人にまでヒタヒタと及んできた。その時期はおよそ七〇年代の初めまでずれるが、天沢退二郎は『夜々の旅』『譚海』などの詩集に収められた作品群で初源的物語性を表わす〝譚〟という概念を導入することによって、菅谷規矩雄は書き進めつつある韻律論と自分の詩作を交錯させることで、詩法を転換し、吉増剛造はシャーマニズムに傾斜しつつ旅の体験を詩に取りこむなどの方法で詩を長大化させ、清水哲男は野球やマンガの主人公を素材とするライト・ヴァースの道を切り開いた。これらの作風の転換はいずれも個々の詩人にとっては発展であり成熟であったとも言えるのだが、その一方で、それにともなう言語操作の方法化意識化が嘗て彼らの詩が持っていたスポンティニァスな官能性と運動感を薄めたことは否めない。

六〇年代詩人の中にも原理への遡行による時代的転換に比較的無縁であった者は居て、その代表的存在は鈴木志郎康である。彼は七〇年代になってから日常的な光景をモチーフとした一見平明な作風に転換したが、それがきわめて意識的であり原理に追いつめられた結果とは感じられないのは、彼が出発当初から歌への陶酔を経験せず、戦後詩にクールな態度を保ちつつ、「書くことについて書く」という資質をもっていたからであろう。つまり彼は入沢康夫と位相は違うが並行的な位置で原理の時代に先んじていたのであるとも言える。今になって気付いたことだが、彼の六〇年代の記念碑であるプアプア・シリーズは既に自分の詩作そのものをテーマにとりこんでいる点で「書くことについて書く」という側面を持っていたのだ。これは評論に主力を注ぎ続けている関係で、詩作においても原理の意識に敏感であらざるを得ない北川透についても、ある程度当てはまることである。

それ以外の詩人たちについて言えば、山本道子は小説の世界に転じ、長田弘は評論の分野に活動の主舞台を移した。そして私を含む少数の書き手は「歌」と「原理」の背反を自己の詩法によっては乗り超え難く感じ、さりとて詩法を転換して「書くことについて書く」という作業には嘗ての詩作の快楽を見出せぬままに、しだいに寡黙に追いやられて行った。

9

もちろん、原理に遡って詩の存立根拠を問う議論はいつの時代にもあった。しかし、それがその時代の詩の実作を広汎に覆う影となって現われたのは、優れて六〇年代的な特徴の一つであるように私には思われる。その意味で六〇年代、とくにその後半は戦後詩の転換期であった。

或る芸術ジャンルにおいて原理への遡行が大きな流れになるのは、そのジャンルの内部であらゆる表現の可能性が試されつくし、一種の飽和状態が出現した時である。飽和に達することによって、それまで自明の、言い替えれば時を超えて普遍的であると思われていたジャンルが実は時代的制約を負った枠組、今風に言えば一つのパラダイムに過ぎなかったことが露呈され始める。この場合、創作にたずさわらない批評家は枠組の歴史的相対性を指摘し、ジャンルの存立根拠を問えば済むが、実作者のうちでもこうした状況に敏感な先鋭的な者は、創作を断念することもできるが、創作し続けるとすればジャンルの存立根拠自体をテーマにすることになる。これは謂わばジャンルが自らの姿を振り返ることを強いられる状況である。それは創造と享受の双方にとって幸せな状況ではないが、芸術の歴史を展望すればさまざまなジャンルで幾度となく起こってきたことでもある。たとえば絵画においては額縁に囲まれたキャンバスの平面を自明の前提とするタブローのパラダイム性が自覚された時、キャンバスが切裂かれ、文学の世界では近代小説の可能性が飽和した時にアンチ・ロマンが生れ、音楽においては五線譜に記録される限りの西欧音楽の限界が見えた時にグラフィック楽譜やハップニングが「演奏」され、ジャズの領域ではコード進行の絶対性が疑われた時にモードという概念が導入され、次いでフリー・ジャズが生れた。

転換期といってもきわめて緩やかなものであった六〇

年代の詩的状況に、他の芸術分野の劇的な事象をそのまま当てはめることは出来ないが、そこに何がしかの並行関係は読み取れる。六〇年代の初めに詩の世界に巻き込まれた私は、知識としてはともかく、感覚的には戦後詩、あるいは日本語で書かれる現代詩というものの枠組を疑うことはなかった。それは私が五〇年代の「感受性の祝祭」から生みだされた豊饒な詩作品に裏付けられた「歌のまぼろし」に酔うことを許され、自ら創造することと享受することが表裏一体になった詩的言語の共和国に参加していたからである。しかし、考えてみれば私たちが今所有している現代詩は、タブローというものが絵画の中のきわめて狭い領域に過ぎないのと同じように、詩という広大なジャンルの中では歴史的制約を負ったきわめて狭く尖鋭的なサブ・ジャンルに過ぎない。短歌や俳句の定型から逃れ、漢詩文の文語体から解き放たれ、七五調の韻律から脱した口語自由律詩としての現代詩は、その制約の無さによって意外に早く可能性を試しつくしたのかも知れない。別の言い方をすれば、定型詩はその定型の制約を破ることによってエネルギーを消費し、ジャンルの外にある新しい可能性に挑むことが出来るが、口語自由律詩としての現代詩は一度飽和に達すると、その外に出ることが出来ないので、必然的に自らのサブ・ジャンルだけではなく、詩そのもの、あるいは「書くこと」そのものへと振り返らざるを得なくなったのではないか。

もちろん今でも額縁に収まる絵が描かれ、明確なストーリーを持つ小説が書かれ、五線譜に載る交響楽が作られているように、ジャンルの枠組があらわになったからといってジャンルそのものがただちに死滅することはない。口語自由律による現代詩は今後も書かれ続けるだろう。しかし、一度覚めた夢の中へ帰ることはできず、原理を病んだ歌声は再び冴えわたることはないのではないか。

10

六〇年代の後には七〇年代が来る。そこに登場してくる謂わゆる七〇年代詩人たちは、「詩はほろんだ（のか？）」「詩に何ができるか？」という問いかけを通過した後の、原理に病んだ詩的言語を扱わなければならない。こうした状況に積極的に挑むにせよ、またそれを無視し回避するにせよ、「書くことについて書く」という意識から逃れられないのは彼らの宿命である。彼ら彼女らの詩に陶酔よりも批評性が、スポンティニァティよりも方法性が、情念よりもアイロニーが目立つのは、多分この宿命のなせる業であろう。

（『現代詩の展望――戦後詩再読』一九八六年思潮社刊）

戦後的抒情の飽和

この十年の詩的状況についての走り書

1

「この十年」と言われても、それがにわかに像を結ぶ、というわけにはいかない。しかし十年という長さにこだわらずに考えてみると、ここ七、八年はたしかに、詩における状況がその前と違ってきているようだ。私の感じるところでは、その境界は七二〜七三年にある。そう感じる直接の契機は、自分が曲りなりにも継続的に詩を書き続けていたのが七二年までで、七三年以降は著しく詩作の数が減じたことにあるのだが、そこから考えはじめてみると、根拠は、必ずしも自分の個人的状況ばかりではない。

それは私と同世代の詩人の内の何人かが七三年頃から作風の転換を行なったことだ。たとえば六〇年代後半に、暴力的な白昼夢としてのプアプア詩を書き続けた鈴木志郎康は七二年頃から、後に『やわらかい闇の夢』（七四年刊）にまとめられる、日常性の正確な描写を中心とした平明な作風に移っていった。『やわらかい闇の夢』と同じ年の七四年に刊行された天沢退二郎の『夜々の旅』『譚海』の二詩集も、そこに収められた作品が書かれたのは七二〜七三年頃を考えて良いだろう。この場合は、詩法の転換というよりもむしろ、詩法の一層の深化と言うべきかも知れないが、それまでの天沢の詩の疾走感を内側から支えていた「私」(必ずしも詩の中の一人称の語り手という意味ではない)が稀薄化し、逆に言葉そのものが語るという性格が〝譚〟という概念の導入によって一層あらわになった。(なお『夜々の旅』にはその私性の稀薄化を補うように個人的日常を記した〝日録〟が付されているのは興味深いが、その意味を論じるのは本稿の目的から外れる。)

日常的具体性へ下降した鈴木と、〝譚〟の導入によって日常性から一層遠ざかった天沢とは正反対の方向を指しているようだが、前より一層強靱な方法意識によって、ある尾根を越えたという点では共通性がある。鈴木の「観念からもっと遠くへ」という方法意識は、プアプアという魅惑的ながら曖昧なイメージの中で生活的疎外感と危うく均衡していた発語衝動よりも一層安定したものであり、〝譚〟という概念と同じように、一つの系譜につらなる作品の増殖を可能にする力を持っていた。この方法意識の強化の成功を証すかのように二人はその後も旺盛な詩作を続け、天沢は『取経譚』『les invisibles』、『死者の砦』など、鈴木は『見えない隣人』『日々涙滴』『家族の日溜り』などに、その成果をまとめ、〝この十年〟の詩の中で無視し得ぬ流れを形成していったのだ。

2

七三年に刊行された吉増剛造の『王国』も、方法意識の強化によって限界を乗り越えた例の典型であろう。彼の場合は『黄金詩篇』『頭脳の塔』までの、引きのばされたアドレッセンスと世界とが衝突する泡立ちの中へ、シャーマニズムへの傾斜を導入することで拡大した。拡大とは作品空間の拡大ばかりではなく、文字通り物理的拡大でもあって、それ以後、彼の詩は、ますます長くなり千行を越えるものも珍らしくなくなった。

同じ七二〜七三年頃、清水哲男はマンガの主人公を素材にした「スピーチ・バルーン」シリーズを書きはじめ、これは七五年に詩集にまとめられる。高橋睦郎が「動詞」シリーズを書きだしたのもおそらく同じ頃で、こちらは七四年に詩集『動詞Ⅰ』となった。その後、清水は野球というテーマの一貫性を持った詩集『野に、球。』（七七年）を、高橋は〝私〟の仮象を見つめ直す詩集『私』（七五年）を、それぞれ刊行する、という風に、なにか明確な方法意識によって一連の詩をまとめていく、という傾向は、最近までかなり顕著なものとして続いている。

3

私はここで、このような方法意識による再武装を良いとか悪いとか言うつもりはない。それは結果として生みだされた作品に即して判断すべきことだろうが、個々の作品の評価も今は論外にしておこう。私が言いたいのはただ、七二年から七三年にかけて、かなりの数の、自分と同世代の詩人たちが、にわかに方法意識を前面に押したてはじめたことが、詩的状況の変化の一つの指標となるのではないか、と言うことだ。

感覚的な言い方を許してもらえば、たぶんこの時点で、詩的表現が飽和したのである。現代詩の詩的表現は多様であり得るし、また七二～七三年を何事もなく通過した詩人も多いのだから、詩的表現の全体が、とまでは言い難い。それは、五〇年代から六〇年代へ引きつがれた戦後的抒情表現の飽和なのだ、と言った方がやや正確だろう。

4

抒情表現あるいは抒情詩と私が言う時、それはアカデミックな文学概念より少しずれているかも知れない。ここでこの概念をできるだけ客観的に定義してみようと思うのだが、概念の果芯には私の詩に対する好み、というか思いこみ、のようなものがあり、そこまで客観化できるかどうかは自信がない。とにかく、私は自分が書いてきた詩はこの意味の抒情詩に属すると思っているし、この概念から外れるものを全く認めないわけではないにしろ、この広義の抒情詩が戦後詩のボディだと思っている。

私なりの抒情概念については、以前に清水哲男のエッセイ集『唄が火につつまれる』の書評を書いた時、かなり簡潔に要約することに成功したと思うので、その一部を引用しつつ語ることを許していただきたい。(「現代詩手帖」七七年六月号)

清水哲男は同書の中で「生きるために必要だから詩を書いたり、発表してきたのではあった。それがたとえば自己慰籍というようなことで終ってしまったにしろ、そこに詩という表現手段がなかったら、ぼくの人生は、どのような形であったにせよ、もう少し違ったものになっていただろう」(同書一二頁)と書いている。私の考えでは、これが抒情詩の書き手の〝書くこと〟についての基本姿勢である。私は、この清水哲男の言葉を前提にして次のように書いた。(書名との関連から、以下の文章では「唄」という言葉が抒情詩と同義に使われている。)

「こういう書き方をしている者にとって、詩は究極のところ『私が語る』という根をひきずっていて、ついに『言葉が語る』という段階に至れない。つまり、こうした書き手は、自分の言葉を手放したくないのである。しかし、ただ『私が語る』段階にとどまっていては、詩は成立しない。と言うより、書き手が詩に託す自己慰籍すら生まれてこないのである。自分の喜びや悲しみを素直に表現すること、つまりストレートな述志が自己慰籍になることもあろうが、その効果は実に短く空しい。唄が唄として響くためには、『私』の閉鎖性をひらき、『他者』を誘いこむ空間を張らなければならない。この場合、他者とは必ずしも第三者ばかりではなく、もう一人の自分とでも言うべき、自分の内に棲む読み手も含む。つまり詩の書き手が、自分の詩を他人の眼で読むことができるようになって、はじめて唄が成立するのだ。しかし(ここが抒情詩の書き手の欲張りなところなのだが)、それは流行歌のように、何者とも解らぬ存在の語りであってはならず、『私が語る』という根を残していなければならない。言いかえれば、書かれた言葉が最低限、書き手にとって自己慰籍の効用を持つためには、その言葉を発せしめた私と社会との緊張が、一つの力場として詩の内に保たれなければならない。(中略) これは、つまりは述志というレベルから遠ざかって唄いつつ、なお、『私』を一方の極とする力場を保とうとする姿勢なのだ。これは一つの離れわざである。長すぎた少年期に封印し、なおかつ『生きるために必要だから』という動機を保って抒情詩を書きつづけようとする者は、誰でも、一回ごとに、この離れわざを強いられる。これは、たんなるテクニックでは解決できない絶対的矛盾を含んだ不可能事なのだが、ぼくの場合は、豊饒な戦後詩の享受体験が、言わば、ぼくなりの抒情の根拠となって、なんとか、もう一回という挑戦を繰り返しているわけだ。」

5

前項の引用文の最後のところは、七三年以降の自分の詩作が減じたこととの釈明になってしまっている。これは気恥かしいが、一方、今読みなおしても、私の主観的真実の、かなり正確な描写ではあると思う。私にとって詩作がしだいに苦しくなったのは、書き方を変えなかったからだ。一つの書き方に固執していれば、やがて飽和が、袋小路が現われる。それはずっと前から解っていたようにも思える。しかし私はまだ諦めきれない。なぜなら、どこからともなくやってくる言葉に「私」を託して突きだし、それを同時に「他者」のものに、つまり作品にする、この傲慢で目くるめくトリックの中に、詩を書くことの快楽と苦痛の一切があるからだ。だから私は方法を変えない、のではなく、変えられない、という方がたぶん正しい。私は書き方を変えることによって、たとえそれが他人の眼に詩と認められたにせよ、私が書くことに求めている自己慰籍の核心が流失してしまうのがおそろしいのだ。

私が離れわざにたとえた書き方は、表現に関る意識的方法論の助けを借りることができない。離れわざはつねに一回ごとである。多少とも意識で統御できるのは、離れわざに移る前の呼吸の整え方、詩作に即して言えば、自分を詩を書きやすい状態に持っていくには、酒を飲んだ方がいいか、散歩した方がいいか、とか、天気の日がいいか、雨の日がいいか、とかいうような生活の智恵に似た領域だけである。

6

私は自分が書き方を変えられないのは、私と戦後詩の出会い方から定められた宿命のように感じているので、一つの書き方に固執しているのを誇るわけにはいかず、また先に名をあげた詩人たちが意識的な方法論を前面に出すことで作風の転換を見せたことを、それだけで批判するつもりもない。

私は天沢の〝譚〟をその複雑な円環をなす空間構造に興趣を覚えつつ読むことができるし、鈴木志郎康の近作、とくに『見えない隣人』の中の諸作の視野の転換の切れ味の良さに感心する。また清水哲男の『スピーチ・バルーン』がライト・ヴァースという形式の中に限界に近い重さを盛り得たことに感動する。このように、私は読者としてはかなり寛容で、詩をたのしんでしまうタイプなのだが、それでも、彼らが、かつての彼らが目指していた抒情の核心から遠ざかったことだけは感じざるを得ない。

そしてまた、これらの詩人たちの書き方の変化後の活動、とくに鈴木志郎康が、作風の転換後、驚異的な多作(彼はもともと多作ではあったが)を続け、たとえば『見えない隣人』所収の四十余篇を一年余で書き、しかもある水準を保っているという事実に接すると、「なるほど、この手で行けば書きつづけられるのだな」という風な感想を抱くのもまた事実である。(これは、私が〝この手〟を発見しても、鈴木のように一定の質を保てるかどうか、ということとは全く別の次元の話であるが……。)つまり袋小路にいる私としては、同世代の多くの詩人たちが袋小路を迂回した、その賢明さが少し口惜しく、少しさびしい。

7

私がここで拠りつつある戦後的抒情の概念をあきらかにするためには、次のリストが一つの助けとなるだろう。これは「戦後詩の十篇」という特集記事(「現代詩手帖」七八年十月号)のためのアンケートに応じて、私が選んだ戦後詩のベスト10である。

田村隆一「幻を見る人・四篇」
鮎川信夫「繫船ホテルの朝の歌」
大岡信「春のために」

飯島耕一「わが母音」
岩田宏「幼い恋」
入沢康夫「キラキラヒカル」
吉本隆明「少女」
茨木のり子「わたしが一番きれいだったとき」
堀川正美「行為と実在」
谷川俊太郎「接吻」

順序はほぼ発表年月に従っているつもりだが資料をあたっていないので正確ではないだろう。この選択はアンケートの答という性格上、私の個人的好みが色濃く出すぎている感もある。しかし、戦後的抒情という概念の広がりを示すのではなく、その核心と言うか、発想の源を示して、了解を得るためには、選択の狭さが、かえって効果的かも知れない。

いずれにせよ、この十篇は私の考える戦後的抒情の精華であり、私が詩とはなにかと問われた時、すぐに連想するのも、これらの詩篇である。私はこれらの詩に出会うことで詩に出会い、詩を書きはじめ、どうやら書き続けてきたのだ。

注意を喚起したいのは、これら、私の世代に先行する戦後詩の旗手たちも、それぞれの仕方で、言わば必然的に袋小路に近づき作風を転換してきたことだ。たとえば一番早くに抒情的表現を見切ったのは入沢康夫であり、彼は既に六〇年代前半に、彼の言う擬物語詩の世界に入って行った。一番おそくまで抒情的表現に固執した堀川正美も、昨年刊行された『堀川正美詩集 1950―1977』の末尾の新詩集『否と諾』では、抒情表現からの苦しげな離脱を試みている。その他の詩人については一つ一つ例をあげていくまでもない。もちろん何人かの詩人は広義の抒情詩の中にとどまってはいるが、いずれも、それぞれの時期に、形式や素材や表現の中に意識的に新しい枠組を設定し、それに導かれた連作を試みるという道を選ぶことで、無心に一回ごとの離れわざを試みなければならぬ抒情詩の中心から、一定の距離を置くようになったのだ。

8

先にあげた十篇の詩は四〇年代の終りから五〇年代半ばまでに発表された。つまり、これらの作品が体現している戦後的抒情は、五〇年代において既にその核心を定立している。観点を変えて、たとえば詩が状況に与える衝撃力という点から見れば、この時期以後にもっと重要な作品が現われた。ここに名を挙げた詩人のその後の作品について考えてもすぐにいくつかの作品が思い浮かべられる。しかし抒情的表現の核心を示し現在にも及ぶ戦後詩のあり方を定めたのは「ゴヤのファースト・ネームは」ではなく「わが母音」であり、「定義」ではなくて「接吻」である。

9

六〇年代詩人という呼称がある。これはそう呼ばれる側からすると決してありがたいものではないが、ジャーナリスティックな符牒としての便宜があることを認めざるを得ないので、とりわけ拒絶反応を示すまでもないと思っている。しかし、六〇年代の詩、あるいは詩人という概念が、現実体験の共有性と結びつけられやすいことには、かなりの疑問がある。とくに六四年から七〇年初頭にわたって27号を刊行して終った「凶区」については、そのグループが六〇年六月前後の緊張した現実を共有することで成立している、という考えは、かなり執拗に持続している誤解である。このような現実体験の共有性が多少ともグループの成立契機になっているのは「凶区」の前身の一つである「暴走」においてだけだろう。「暴走」と「×《バッテン》」が合流して成立した「凶区」の中には六〇年六月前後の政治的状況に対してクールな反応しか示さぬ者も多かったのだ。（たとえば秋元潔、彦坂紹夫、山本道子）。そして同じ世代の詩人の有力な集りであった「ドラムカン」まで含めて考えると、言わゆる六〇年代詩人が共有していたものは、決して、現実体験ではなく、五〇年代に成立した戦後的抒情の核心への熱い関心であった、と私は思う。六〇年代詩は、少なくとも個々の書き手の主観性においては、五〇年代詩の継承であった。

10

戦後的抒情のあり方を戦前のそれと分つものは、戦後、少なくとも観念的には解放された「私」にある。解放は同時に孤立につながる。この孤立した個が世界と零点から関わろうとするところに、「私」であり同時に「他者」であろうとする抒情的志向が尖鋭化したのだ。六〇年代の詩と先行する時代の詩との相違があるとすれば、それは個と現実との関り方の差に起因する。本稿の性格上、おおざっぱな言い方を許してもらえば「荒地」が〝意味の回復〟を通して、それに続く五〇年代詩人が（岩田宏が飯島耕一について言ったように）〝放心〟を通して関わった現実に、六〇年代の詩人たちは欲望の肯定を通して関わったのである。欲望の肯定はその極限において世界を所有しよう（私なりに言えば「都市を奪《と》ろう」）という欲望に至る。そして、六〇年六月の状況が六〇年代の詩に関りをもつとすれば、それはこの状況が必然的挫折までを含めて欲望の全的肯定の象徴として機能し、私自身を含む一部の詩人をとらえきったことにおいてである。つまり六〇年六月の現実は欲望の肯定というモチーフの一分野であった。六〇年代の詩は先行する世代によってあり方を定められた戦後的抒情をこのモチーフと結びつけて、なにがしかの新しさをつくりだしたことは確かだ。しかしそれは決して戦後的抒情の核心を変えることはなかった。戦後的抒情はその定点を保ったまま、まっしぐらに飽和状態へ向っていったのである。

11

この十年の詩的状況における最も重要な変化は、それ以前に散発的な個別性として、五〇年代の詩人の仕事に現われてきた戦後的抒情表現の飽和状態が、その正統的な継承者である六〇年代詩人にまで下降し、しかもかなり集合的に現象して、問題の所在を一層あらわにしたことであろう。

12

この十年に登場してきた若い世代の詩人たちの中で注目すべきなのは、やはり『水駅』の荒川洋治と『旅籠屋』

の平出隆であろう。他にもすぐれた資質を示す新しい詩人がいないわけではないのだが、この二人をとくにとりあげる必要を感じたのは、彼らの登場の仕方が、右に述べてきたような状況を痛ましいまでに反映しているからだ。（今や彼らの間にも、かなりの見解の相違があり、論争らしきものも交されているのは承知しているが、ここは彼らの詩人としての個別性を論じる場ではなく、状況を急ぎ足でスケッチしているだけなので、二人を一緒に扱うことを許してもらうことにしよう。）

荒川洋治、平出隆の二人の作品に共通する、出発点から奇妙に完成したスキのなさは、彼らが、ここに言う戦後的抒情の飽和を素早く感じとっているためではないかと思わせる。私はその敏感さにむしろ好感を持つ。しかし、たぶん彼らは敏感すぎるのであり、そのことで、抒情を稀薄化するという大きな犠牲を払っている。

彼らの過剰な敏感さはたとえば荒川洋治の次のような告白に現われている。

「たとえばわたしはいま、戦後詩から虚心《うつろ》になって机に向うことができない。戦後詩の技術の総体に軟禁されているようなのだ。つまり、詩を書くときに手もとが狂えないのだ。これはやはり怖しいことだと思いはじめている。三二年の技術の総和が一つの顔となって書き手をおびやかす、あるいはかじかませる。そういう場面がわたしだけにあるとは言いきれないだろう。平たくいえば、へたに詩を書けないのだ。」（「技術の威嚇」、「現代詩手帖」七七年十月号）

ここで彼が「戦後詩の技術の総体」と言っているものは、私が言う「戦後的抒情の飽和」と、完全にではないが、かなり重なりあう。つまり、荒川洋治も、私とポイントの置き方は違うにせよ、表現に関する限り、戦後詩は一つの完成に達しており、そこでは単純に新しさ、ということを旗印にできないことを感じとっているのだ。

しかし私の考えでは、荒川洋治は結果としての表現の飽和を、「技術」つまり表現の過程に関わるものと置きかえ、その上に論理を組み立てることで、無意識の内に自分を狭い場所へ追いこんでしまっているようだ。彼は結果、つまり表現の完成度を認識するや、それを過程、つまり技術の完成度にすりかえ、過程に踏みこむ前に脅える。技術とは決して抽象的な観念ではない。つまり使われない技術なんてものはない。技術が姿を現わすのは、あくまで、個別的な詩作の過程における具現化を通してである。荒川洋治は（そしてたぶん平出隆も同じように）、いま私たちが見ている戦後的抒情の飽和が、さまざまの書き手の個別的試行の集積であることに気づかないか、あるいは気づかぬふりをしている。だから彼らは、自らの個別的試行で飽和を体験することを意識的に避け、はじめから〝うまく書く〟ための方法的な武装をして、飽和を前提とした詩を書く。それが、端正ではあるが稀薄であるのは当然の結果だろう。

「へたに詩を書けない」。そこまでは良い。（私もへたな詩は認めたくない）しかし、だからと言って上手に書くこと、それを目的にすると、なんのために詩を書くのか、ということが、つまり清水哲男の言う「生きるために必要だから」という契機が、脱け落ちていくのだ。

13

こういう風に考えてくると、荒川洋治、平出隆の詩が、他の凡百の「へたな詩」に比べて一頭抜け出ていることを認めた上でも、なぜ彼らが詩に固執するのか、そもそも、なぜ詩を書きだしたのか、が解らなくなってくる。

平出隆は、先行する世代の詩人たちとの対話の中で（「詩にとって現実とはなにか？」、「現代詩手帖」七七年十月号）、自分たちの詩に出てくる廃墟に「対応する現実がない」ことを前提として自分たちの世代の詩のあり方を次のように規定している。

「……まず廃墟がないということをはっきり意識すべきだという方向で書いていると思うんですね。むしろ曖昧にして、これまでの詩から盗んでくるというかたちじゃなくて、廃墟を盗み見るということはもちろんあるわけなんですけど、書く時はそれはあくまで盗み見たものであるというかたちで書きつけたいという気がしてるわけです。」

この発言によれば彼はまるで詩作の素材になる現実は廃墟しかないように思っているらしい。もちろん発言者にとっても廃墟とは一つの比喩であって、もっと親切に言えば、平出隆は、非日常的な、特別な現実だけしか、詩に対応する現実と認めていないようだ。しかしこれは、すぐ飯島耕一が言い返しているように、「現実がないってことはない。ただ、ちょうどうまくできた現実がないんですよね」、ということに過ぎないのではなかろうか。

こうした新しい詩人たちの自己認識に接すると、彼らは荒川洋治の言わゆる〝技術〟ばかりではなく、現実体験に関しても〝遅れてきた青年〟意識を抱いているらしい。つまり彼らは〝技術の威嚇〟ばかりではなく〝現実体験の威嚇〟にも脅えており、その二つの脅えは、互いに補いあいながら、彼らの詩を〝かじかませて〟いるように思われる。

14

詩に対応する現実がない、などと言うことはあり得ない。詩に、というのがやや曖昧に過ぎるとしたら、詩を書きはじめる契機には必ず対応する現実がある。

私たちが詩の方へ押しやられ、私のものであり他者のものである一行の言葉に到達しようとするのは、「私」と現実の乖離を感じることによってである。この、あえて疎外などと大げさな言葉を使うまでもなく、「私」と周囲の現実が一致していないという意識こそ、戦後的抒情の根拠に他ならない。この根拠を感じとりつつある限り、私たちは、いかに結果としての表現が飽和していようとも、書くことへ押しやられる。それは「生きるために必要」だからであり、こうした必要性の前には、「へたには書けない」ということを、少なくても詩作の第一目標に掲げている余裕はないはずである。廃墟がなかろうと、政治的緊張がなかろうと、「日常というものはやけにのどがかわくものである」(清水昶)ということには変りはないのだ。

技術と現実体験の虚像に脅える荒川洋治、平出隆は、たぶん謙虚にして詩に求めることが少ないのだ。求めることが少ない者は得ることも少ない。彼らが詩を書くことでどれほどの自己慰籍を得ているのか、私にはそれが疑問である。それとも彼らは、そもそも現実にも求めることの少ない若者たちなのだろうか。

(「現代詩手帖」一九七九年六月号)

建築家としての立原道造

遠い後輩の断片的感想

1

立原道造はぼくにとって煙ったい存在であり続けた。と言うのは、ぼくがたまたま建築家であり詩人であるというだけで、しばしば立原と比較されてきたからである。それも、ぼくが立原の詩的影響を受けているか、または本人はそう思っていなくても、どこか似ているというとで、まともに論じられるのならまだ良いし、それなりに対応の仕方があるのだが、実際には、ぼくが建築の設計を業とし、一方で詩を書いているという現象だけですぐ立原道造を連想されてしまう。幸か不幸か、渡辺武信という詩人は、詩人の仲間か限られた読者以外には、ほとんど知る人もないのに、立原道造と言えば、戦後詩などに全く縁のない人でも知っている。そこで、建築家としてのぼくに接した後で、詩を書く人間だと知った時に、十中八九、立原の名が出てくる。(例は少ないが、この逆、つまりぼくの詩を先に読んで、後でぼくの職業を知った人も同じ反応をすることが多い。)つまり、これは立原と比較されるというより、たんに引き合いに出されるというのに近く、これはかなり居心地の悪いものなのだ。

ぼくは立原道造が建築学科を卒業した二十五年後の六三年三月、同じ大学の同じ学科を卒業した。大学では立原の友人であった生田勉に製図の手ほどきを受け、丹下健三の都市計画の講義を聴いた。けれどその頃、ぼくは既に詩を書きはじめていたにもかかわらず、これらの教師たちと立原について語り合ったことはない。詩についてのぼくの関心はもっぱら、同じ時代の空気を呼吸していた戦後詩人たちにあり、立原は遠い文学史上の人のように感じていた。

しかし立原道造の詩に全く関心がなかったか、というとそんなことはないので、詩を書きはじめる前、ただ詩を読むことを好んだ中学、高校時代には、当然のことながら各種のアンソロジィで立原の詩に接したし、中村真一郎編の角川文庫版詩集も読んだ。そして、ぼくなりの立原観はあったのだが、建築家に進むと、早くも前述のように立原を引きあいに出されることが多くなったのがわずらわしくて、立原道造なんて読んだこともないような顔をしていた。したがって、文章を書くことはもちろん、会話の次元も含めて、ぼくが立原について語るのは、本稿がはじめてである。もちろん、このような私的な事情があるから、ぼくは立原道造の良い読者であったはずがない。詩には一定の関心はもったが、彼と大学及び職業を同じにすることの煙ったさが障害となり、彼の数多い書簡や建築論、つまり詩作品の外の彼の生き方を現わした文章を読むことを、今日、機会を得るまで、敬遠し続けてきたのである。したがって、これからぼくの書こうとすることも、立原道造の愛好家、研究者、彼の在りし日の友人諸兄にとっては、きわめて底の浅いものと感じられるかも知れないが、あえて思うままを綴ってみよう。

2

ぼくがアンソロジィなどで立原道造の詩に触れた頃、最初に抱いた印象は、端的に言って、つかみどころがない、ということだった。このつかみどころのなさは、後になって考えれば、立原が意識してつくりだした詩法である。よく言われていることだが、彼は意味の脈絡をわざと曖昧にすることによって、詩全体を音楽的な雰囲気で満たした。だから、この曖昧さは同時に立原の詩の本質的魅力でもあるわけで、ぼくも人なみにその魅力に惹かれて繰り返し読んだのだが、どこまでいっても手応えがないまま終った。

高校三年生になった一九五五年にぼくは突然、同時代に生きる詩人たちの作品を知った。ぼくは鮎川信夫、田村隆一、北村太郎、吉本隆明ら「荒地」の詩人たちと、その一つ後の世代に属する大岡信、飯島耕一、谷川俊太郎、岩田宏らの詩人たちの作品を、ほとんど同時に受け入れ、それに憑かれたことから自分で詩を書きはじめた。これらの詩人たちの作品は、ぼくが立原と同時に読んだ北原白秋や、中原中也の詩に比べれば、つかみどころがなかったが、それは立原のつかみどころのなさとは違っていて、読みこんでいくと手応えのあるものだった。その手応えのようなものがぼくを詩を書く側へ走らせたのである。こうした戦後詩を知ってからは、ぼくは立原道造の詩を脆いものと感じるようになった。だから、ぼくは自分が立原道造から意識的、直接的な影響は受けていないと思っている。もっとも、ぼくが影響を受けた詩人の一人、大岡信が「詩を書きはじめた頃、明瞭に立原道造の影響を受けているんです」と語っているし（「ユリイカ」七一年六月号・増頁特集「立原道造」の座談会）、他にも同じような例も多いだろうから、間接的、無意識的影響までは否定のしようもないことだ。

また〝脆い〟というのは、ぼくが詩を書きはじめた当時に立原について持った幼い印象の要約であって、今となっては必ずしも正確な表現と思えない。ぼくが自分なりの詩の書き方を身につけた現在になって、あらためて言いなおすと、ぼくがかつて脆さと感じたのは、立原の詩の完成が、草稿からいろいろな要素を引き去っていくことで成り立っている、その引き算的な詩法への懐疑であろう。立原は彼の日常から発想された、解りやすい、それゆえ、詩的には未熟でも手応えのある草稿に繰り返し手を入れることで、彼の心象的原風景とでも言うべきものに達したようだ。この推敲の過程は、（ぼくはノートに残された草稿とそれをもとにした作品の、ごく数少ない例だけを手がかりにして推量しているに過ぎないが）、比喩的に言って引き算であり、その結果として、あの、脈絡のたどりにくい、つかみどころのない、（しかしそれ故に人を惹きつける）作品が生まれたのである。彼の原風景が、彼にとって言語の表現を超えたものとして確立していたとしたら、彼は詩句をできるだけとらえどころのないものとし、そこに浮かび上る全体の漠たるベクトルで、彼の風景を暗示的に指し示す他はなかったのも当然だ。こう考えれば、彼の詩法は脆いどころか、それなりの強靱さをもっていたのであり、少なくても現在のぼくは、立原道造の詩を、その表面的な印象だけで脆弱なものとは思っていない。

3

以上はやや長すぎる前置きであって、本稿でぼくに課せられた役割は、建築家としての立原道造を論じることである。ところが、これはきわめて難しい。立原は大学卒業後、石本建築事務所に勤務し、約二年後に没した。しかも石本事務所に出勤したのは病気のための休みを繰り返しながらの断続的にであり、死の半年前からは休職したままである。彼は建築家としてはいかなる意味でも一本立ちではなかった。しかも彼の建築家としての資質を知るために残されているのは、卒業設計の一部の図面や、断片的なスケッチと、建築を論じた二つの文章に過ぎない。つまり、ぼくに課せられたのは、ある未完成な建築家を乏しい資料のみにもとずいて論じることである。こうした課題を前にしてぼくにできることは決して生きていた限りの立原道造を論じ、裁断することではなく、その可能性を推量し、感想をのべることぐらいだろう。

しかしまた、この可能性を語ることも、本来はぼくの役割ではなく、生前の彼を知っていた同世代の建築家に委ねられるべきであろう。生田勉や武基雄は、少なくても彼が図面を描き、建築を語るのに接していたのだから、その可能性についても推量する資料を自分の体験の中にもっているわけだ。

たとえば生田勉は磯崎新との対談(「都市住宅・住宅第二集」一九七二年)の中で彼が学生時代、一年の夏休みの後の課題設計に提出した小住宅を絶讃している。これがこの年に辰野賞を受けた作品であること、その図面が大学に保存されて、小住宅の課題設計というと必ずサンプルとして学生に示されたということを考えると、たんに夭折した旧友の美化とは言えず、かなりの客観性のある評価であろう。しかしこの作品はサンプルとして提示されている間にすり切れて失なわれて今は見ることができないので、ぼくはそれを伝聞として聞くだけである。ただ、この作品の下描きではないかと推測される「ロッジとコッテイジ」というスケッチ(小場晴夫蔵)を見ると、巧拙はともかく、横に延びたのびやかなたたずまいをもつ素直な作品として好感がもてることは確かである。

この、のびやかで素直な印象は、保存されている彼の数少ないスケッチ「信越国境に建つ温泉旅館」、「風信子ハウス」などを見ても感じられることだ。生田勉によれば、立原はアルバー・アアルトと村野藤吾が好きであったということだが、そうした好みはこれらのスケッチからもうかがえる。そして、またアアルトや村野に対する好みは、偶然にとも言うべきか、ぼくと共通しているので、ぼくは立原のスケッチに対して親しみを覚えるのだ。しかし、これらは学生時代のものであり、フリーハンドの荒れ描線からは、それが非常にすぐれた才能を示したものであるかどうかは判断しかねる。言いかえれば、これらのスケッチ、それも写真版による複写だけを見て、彼の建築家としての可能性を論じるのは不可能に近い。彼の可能性を占うには、むしろ、彼が建築について書き残した文章によるべきだろう。

4

立原道造の卒業論文として書かれた「方法論」は短い緒論、結語とその間にはさまれた五章から成り、全体としておよそ四百字詰原稿用紙百五十枚ぐらいの労作である。この中で〝建築〟という名詞の語源を探った第一章、シェリングの「芸術哲学」を典拠として建築の概念規定を試みた第二章は、俊秀な若者の才気を感じられるものの、思弁的に過ぎて、さしあたりのぼくの関心から遠い。

第三章「建築体験の構造」も、その前半はきわめて思弁的に展開するのだが、後半に至って「住み良い」「住み心地良い」という二つの概念を対比的に論じるあたりから、彼の建築観の本音に触れる思いがして、興味が湧いてくる。この部分に到達するまでの展開は厳密な形式論理を踏まえている。こうした形式の重視は、彼が詩作においてソネットという形式に固執したことも考えあわせると、立原の美意識とも関りをもつものと思われて印象深いのだが、それだけに「住み良い」「住み心地よい」という概念の提出される過程を示そうとすると、一つずつ形式論理の展開を追っていかなければならない。そうしたわずらわしさを避けて、やや乱暴に要約するならば、立原は「住み心地良さ」を「建築をつかう体験」における「生命的本質に根ざした気分情感」であるとして、これを「建築体験の創造的核」であると主張している。さらに補足すれば、この「住み心地良さ」という価値尺度は、実用的合目的性や美的秩序や生理的快感などを超えたものとして設定されており、今流に言えば建築におけるアメニティをその一番深い部分でとらえた思考にもとずいているものとして今日的意味を持っている。

しかしさらに興味をそそられるのは、この「住み心地良さ」がこの章の終末に至って、「『死』或は『壊れ易さ』」と結びつけられることである。これはもちろん、たんなる物質的な壊れ易さのことではなく、建築を時間の中に見ようとする姿勢から導きだされた、言わば概念的なものである。そして立原がこの考え方の延長上に第五章で次のように書くのを見ると、ぼくはそこに形式論理の厳密性では覆いきれぬ、立原の感性の鋭さを読みとる。

私たちは、廃墟が完璧以上の力で私たちを引きつけること、生母としての自然へ、人間労作のつくりあげた形のふたたび帰り行く、そこに廃墟のまさに崩れかける瞬間が美しさであると、説くジムメルの考察にも耳を傾けた。私たちは建築を、死にかまふことなく、脅かされることなく「担われている」しかも同時に「投げられている」即、すべての果敢なさ、虚無性を身にしてゐるものとして、この最終の深淵の上に張りわたされてゐることに於て壊れ易く、この壊れ易さに於て透明であり、そしてプロティノスの一者でなく、有限な人間の癒す役目をもたないところの存在の根元の最終の二元性と対峙性を持つものとして、深い眺めを私たちのものとしてゐたのである。

この文章の表面的な晦渋さに惑わされて、ここに廃墟の美学があるなどと言ってはならないだろう。彼が言おうとしているのは、まさにその正反対のことであり、引用部分の終りに表われているように、有限の壊れ易きものとしての建築を、あえて存在の根元に（虚無に、あるいは永遠に、と言いかえても良い）対峙させているのである。廃墟に美を見出すことは、力点の置き方によっては、建築を廃墟たらしめた時間の超越性を受容することによって、深いニヒリズムを生む。しかし立原は、廃墟の中にはかなさの美を見ても、そこにのめりこむのではなく、そこから人間の生の側に身をひるがえして、対峙しようとしていたのだと感じられるのだ。言いかえれば立原は、はかなき情感としての「住み心地良さ」を虚無に対抗する唯一の武器として鍛えあげようとしていたのだ。ここには、後年ガストン・バシュラールが「空間の詩学」の中で「宇宙は非家《ノンメゾン》である」と喝破したのに通じる思考がある。

実は、引用部分に続く、第五章の終結部になると、立原は「建築は全体体験を持つ全体人間の可能性の上に打ち建てられたる建築である。かくて現代には現代の建築のイデアがあらねばならない」という風に青年らしい客気に満ちた、それだけにやや事大主義的な香りをもつ論旨を展開して、右にのべたような真摯さから遠ざかっていく。とくにそこに述べられている文化論には、後年立原が日本浪曼派へ傾斜していくことを結果的に予感させるような壮語があってキナ臭い。

しかし、再び先の引用部分にもどるならば、ぼくはそこに、学窓を巣立とうとする当時の立原の建築観の核心があったのではないかと思う。建築における「壊れ易さ」を「住み心地良さ」との関連で考える限り、それはアイロニーなどではなく、むしろ正統的、かつ健康的な考え方である。磯崎新が生田勉との対談（前出）の中で、立原の言う廃墟や建築の壊れ易さに関心を示しているのは、都市や建築を不断の変化と流動という面から把えている彼としては当然ではあるが、それと「住み心地良さ」との関連を無視している点では、ややワル乗りの観がないでもない。

ここに至ってもぼくには、立原道造がはたしてすぐれた建築家になり得たかどうかは解らない。しかし、立原の卒業論文から、建築という行為を真摯に自分の生の本質と結びつけて考えていた若者の姿が浮かび上ることだけは確かである。この論文を書いていた時、立原は自分の生命がわずか二年余で終るとまでは考えていなかったかも知れないが、死が決して遠くないことは予感していたであろう。そしてその予感ゆえに、彼は建築という行為を死に拮抗する手段として把えようとしていたのではないか？　つまり卒業論文執筆当時の彼は、建築を生きようとしていた。立原はたまたまその学業成績が秀でていたため、当時、最も優秀な卒業生が行くことになっていた石本建築事務所に就職したのだが、これが建築家としての彼にとって最善の道であったか否かは疑問である。周知のように彼は自分の職場を〝ガラスの檻〟と呼び、約半年後に早くも長期の病気欠勤をしている。繁栄している一流事務所の職務に耐えられなかったのは、もちろん彼の肉体的な弱さにもよるが、同時に精神的な過敏さのゆえでもある。彼がここで早大から来た武基雄という親友や彼の臨終をみとることになった恋人水戸部アサイに出会ったことを思えば、これも宿命で、それ以外の生き方がなかったのだと言えば、それまでだが、もし彼がエリート養成校たる帝国大学の学生の成績序列に流されず、彼にもっと適した職場、たとえば数人のグループで住宅を設計しているアトリエ的な事務所に所を得たら、もう少し長生きして、愛らしく「住み心地の良い」住宅をいくつか残したかも知れない。

（『現代詩読本・立原道造』一九七八年思潮社刊）

暮らしそのものによる生の賛歌

宮脇檀『男と女の家』を読みながら

宮脇檀は畏友と呼ぶにふさわしい人である。といってもそう畏れているわけではなく、設計でもパスタソースの味でも回文でも駄洒落でもひけを取らないつもりだが、ただ一つ、これだけはと畏れ入っているのは彼のマメさである。海外へ行くと早朝からびっしりと日程を組んで写真を撮りまくり、石材や煉瓦の破片を拾い、夕食は事前調査した三ツ星レストランで食べ、ホテルに帰ると泊まった部屋の実測図を作った上に、コースターやマドラーやドンディス（「Don't Disturb」のカード）を採集し、国内でも車を駆っての現場往復に寄り道を厭わず建築を見て歩いて何かを発見してくる。私はと言えば、外国では午後三時頃から見学を打ち切ってカフェに沈殿し、国内では新幹線でビールを飲んで寝てるという具合で、とても彼の真似はできない。

誉めれば機敏な行動力ということになるが、彼とつきあっているとまことに慌ただしいのである。いかに慌ただしいかという逸話を一つ記すと、数年前、高橋靗一《ていいち》さんと建築家協会のバーカウンターに並んで座っていたら、宮脇さんがやって来たときのこと……宮脇さんは「やぁやぁ、お久しぶり」って感じで高橋さんの向こう側に席を占めた。くどいが後の話に関係するので書くと、私―高橋さん―宮脇さんという位置関係である。宮脇さんは主として高橋さんに、おとといチベットから帰ってきて昨日金沢に行き、今帰ってきて二階で何とか委員会に出ていた……とかなんとか相変わらずの行動力の成果を語り、高橋さんは私に背を向けて宮脇さんの話を聞いていたが、ひと区切りのところで「いつもせわしない奴だなぁ」と言いつつ私のほうに向きなおって「知ってるか、武信、こういうのを高速回遊魚っていうんだよ、早く泳いでないと生きられないんだ」と茶化し「な、宮脇……」と振り返ったら、その数秒の間に宮脇さんの姿はなく、高速回遊して去った後だったので、残された二人は苦笑するしかなかった。

その宮脇さんは昨年から闘病中である。病気は誰でもつらいが、高速回遊魚が病室に閉じこめられるのは人一倍こたえるだろう……と思っていたら、どんどん本が出るのには驚いた。『最後の昼餐』、『男のための知的生活のヒント』に続き『男と女の家』は発病後三冊めで、書きためた素材があるとは言え、それを本にまとめあげる気力は凄い、と改めて畏れ入る他ない。思うに彼は場所を文字の海に移して、高速回遊を続けているわけで、もうちょっとおとなしくしていたほうが身体にいいんじゃないかと思うが、癖ってのは直らないもんだね。

しかしながら病を自覚してからの著作には、微妙なトーンの変化も現れているような気がする。うまい表現が見つからぬままにとりあえず言えば、饒舌が何か「深く明るく」なった。それが一番はっきり感じられるのは『最後の昼餐』だ。これは癌告知後はじめての本で、文章は病床で書かれたが、内容は病を得る前、著者が六十歳になったのを機に「土日は完全休日」に変えてからの暮らしの記録である。彼は恋人（著者の表現によればパートナー）の家に自分好みのガーデンテラスとキッチンを作り、自分で調理した食事をテラスで食べる週末を過ごし始めたのである。これがパートナー、りえさんによる、食べたもの飲んだもののスケッチの効果もあいまって、実におだやかに豊かに、そして真の贅沢として描き出され、まともに忙しく暮らしている人にとって嫉妬に狂うほど素敵だ。もっとも著者は、新しいメニューに挑戦して前日から料理の仕込みをしたり、パエリヤ鍋を買い込んだりと、マメなことは相変わらずだが、それでも高速回遊魚がこういう安らぎの巣を作り、そこでの時間をしばらくは満喫できたのは本当に良かった、と友人として思う。ガーデンテラスの陽射しと風とパスタとワインの叙述が、最後の癌の告知と危うくも美しく均衡しているのが読みどころで、つまり『最後の昼餐』は「死が突然目の前を横行し始める」(同書一八六ページの表現)ことによって一層輝きを増し、死に拮抗し得た生の賛歌であるとも言えよう。

こうした基調は『男と女の家』にも一貫していて、良く切れる包丁でキャベツを刻むことの「ほとんど性的な快感」が語られ、「家というのは面白くて楽しいことがいっぱいある。なぜこれを今までしなかったのかと思うことがたくさん詰まっています」というあたりに著者の面目が躍如としている。思うに宮脇檀は高速回遊魚であると同時に、一貫して暮らしの楽しみの追求者であったので、そこにはほとんど宗教的とも言えるような情熱が賭けられている。そのことの際だちが近著に「深い明るさ」を醸し出しているのであろう。さきに「もうちょっとおとなしくしていたほうが」とは書いたが、気力の癒し効果も考えれば、もっと書け書けと声援すべきかも知れない。

(「波」一九九八年十月号)

二〇〇七年における補註

現代詩文庫『続・渡辺武信詩集』のあとがきに代えて

　本書に収録される詩篇は、複数のグループに分けられている。単行詩集を全篇収録したパートは説明不用だが、それ以外のグループについては若干のコメントが必要だろう。

『歳月の御料理』から

「から」となっているのは一九七〇年刊の『現代詩文庫35・渡辺武信詩集』に「未刊詩篇から」として収録された三篇を除去したからに過ぎない。なおこの詩集の「註」にはいくつかの図版も添えられていたが、著作権や紙幅の制約により、本文庫版からは省かれた。また註に出てくるバー「エコー」は、該当作品が書かれてから数年後（一九七〇年代前半）に閉店した。しかしそこの常連であった建築、造型芸術関連の友人（現代詩文庫35の解説者、長谷川堯もその一人）との交遊は継続しており、同店のマダムだった井上淑子さんとは年賀状のやりとりが続いている。

初期詩篇

　このパートは処女詩集『まぶしい朝・その他の朝』の詩篇の内、現代詩文庫35に収録しなかった作品である。収録をやめたのは、前・現代詩文庫刊行当時にはこれらの作品に対する自己評価が低かったからである。しかし今になって読み返すと、未熟さはあっても二十歳前後でなければ書けないであろう純粋さもあり、自分なりに愛着が出てきたので、資料的な意味でも本文庫に収める意義があると判断した。もっとも『まぶしい朝・その他の朝』編纂時に収録を避けた本当の初期詩篇（東大駒場文学研究会機関誌や「詩学」の投稿欄に掲載されたもの）は収録しなかった。

拾遺詩篇

　これらはなにかの理由でこれまでの詩集に収められな

かったものであり、他にも新聞の文芸欄にカット的に掲載された短詩が二つあったと記憶しているが、原稿は行方不明で媒体名すら忘却したため収録できなかった。

歌曲

私は映画『恋の大冒険』(70・羽仁進監督)への協力を契機に畏友・和田誠と知り合い、彼の幅広い人脈の中で多くの知己を得た。この映画は羽仁進が東宝から、当時人気絶頂であったポップス・グループ「ピンキーとキラーズ」を使ったミュージカル・コメディ、という条件で引き受け、粗筋だけの脚本はできたものの、コメディに必要なギャグや、芝居から歌に入るきっかけが書けないので、当時の夫人(左幸子)を通じて知っていた山田宏一に応援を求め、「凶区」のプレイメイツの一人だった山田が、「季刊・フィルム」に「パイ投げから世界の崩壊まで」という長めのスラプスティック映画論を書いたばかりの私を誘い、羽仁進に推薦してくれたのだった。和田誠は美術及びピンキーと一緒に踊るカバのアニメ担当だったが、無類の映画マニアゆえ、当然脚本の直しにも参加した。できあがった映画は羽仁進にとって不本意であったらしいが、いずみたくの音楽も楽しいウエルメイドの娯楽作品として一部のマニアックな観客には珍作として知られており、二〇〇五年、ソウルにおける日本映画祭で「韓国では知られていない日本映画のモダニズム」を代表する作品の一つとして上映された。

ここに収めた歌曲の歌詞は右の映画で出会った和田誠宅を根拠地とするジョッギングの会の一員、永六輔が企画したデューク・エイセズの新曲集のために書いたものである。この企画はLP五枚(いずれも東芝レコード)からなり、私の他にもイラストレーターの灘本唯人、和田誠、山下勇三、山口はるみ、クリエイティブ・ディレクターの小池一子、女優で後に参議院議員にもなった中山千夏など、作詞を職業とはしない多様な人々が本職の山川啓介らに伍して歌詞を提供した。

そのずっと以前のことだが、私は知りあったばかりの永六輔に『現代詩文庫35』を名刺代わりに贈ったところ、彼が私のことを「人柄は柔らかいが言うことは厳しい」と言っていたと和田誠から伝え聞いた。それもそのはずで、私は同書に再録されているエッセイ「〝にほん〟は全然お呼びでナイ！」で永六輔作詞の「にほんのうた」シリーズをかなり辛辣に批判しているのだ。そうした経緯にもかかわらず、あらたな「にほんのうた」とでも言うべき企画に私を誘ってくれた永六輔の度量の広さは感銘深い。またこの企画の仲間であった関係で行方不明の譜面を絶版のＬＰから採譜して再現してくれた櫻井順の友情に感謝する。

現代詩を書いてきた者にとって、歌詞を書くのは必ずしも容易ではない。歌われる歌詞は、目で読まれる詩篇とは違い、特に喩の幅（＝喩に含まれる二つの言葉が日常的意味で持つ距離）が制約される。しかし一方では一番から三番までという風に音数を揃えて書くことは新鮮な刺激だったし、自分が書いた言葉にメロディが付いて歌われる際の飛躍的増幅を感じるのも楽しく不思議な体験であった。

もともとジャズ・ヴォーカル好きな私は、アメリカのビートニク詩人（アレン・ギンスバーグなど）の影響で行われていた詩の朗読（ポエトリー・リーディング）は、歌詞（とくに英語の歌詞は脚韻が効果的に駆使される）と旋律が幸せに融合したスタンダード・ナンバーが与える愉悦に及びもつかないと感じていた。一九六〇年代には日本でも大学祭などで現代詩の朗読会が催され、一時は私も参加したが、わりに早くやめてしまったのは右の理由による。もっともこれは個人的好みや詩風によることで、吉増剛造などが現在でも独特の声調やリズムで行っている詩の朗読一般を否定する気持ちはない。しかし実際には本書収録の私の歌詞は、現代詩に比して喩の密度は低いが、その優れたメロディとの相乗効果は、作者にとってかなり自信の持てるもので、少なくても私の朗読よりは遥かに優れていると思う。

詩論その他

私は一九八〇年に『過ぎゆく日々』をまとめて後、詩作から殆ど離脱したが、その理由は（主観的な自己分析に過ぎないが）、私の詩が〈少年〉の視野で書かれたものであり、この年の四月に七四年一月生まれの長男が小学生になった結果、詩を書く〈少年〉と、家庭における〈父〉

の役割が乖離したことにあろう。またこの頃から、それ以前から始めていた映画批評と住宅論を書く機会が増えて、自分の物書きとしてのOUT PUTの内圧がそちらに放出されるようになったからでもあろう。しかし私は今日に至るまで、戦後詩の忠実な読者であり、詩の状況の観察者でもあり続けてきたつもりで、その一端がこれらの詩論に現れていることを感じ取ってくだされば幸いである。

解説者について

本書の解説者として「はっぴいえんど」の一員として活躍した後、作詞家として無数のヒット作を生み出している松本隆、映画脚本家兼監督にして「映画芸術」編集長の荒井晴彦、自称怪奇俳優(という題名の著書あり)兼映画監督にしてエッセイストの佐野史郎の三名を迎えられたのは、著者にとって望外の至福であり、改めて御礼の言葉を述べるより、これら現代詩に関わりのない分野で活躍している俊秀が、私の詩のひそかな愛読者であったことを、この上ない栄光と感じる、と記して謝辞に代えたい。

(2007.4.30)

作品論・詩人論

「風の詩人」

松本 隆

渡辺武信は「風」の人である。彼の詩集のページを開くと、サーッと風が紙の透き間から吹いて、ぼくの長い前髪を揺らす気がした。

年表を確かめると、はっぴいえんどの最初のアルバムが世に出たのが七〇年の八月。そして翌九月に彼の詩集が現代詩文庫から第一刷として発表された。たぶん新宿の紀伊國屋かなんかで買ったのだろう。

そしてぼくはドラムのスティックと歌詞を書きかけた大学ノートと、その詩集を持って、街に出かけるのが日常になった。

NHKのラジオのディレクターが、「そんなに好きなら会わせてあげよう」と「若いこだま」という番組で対談させてくれた。

収録がすんでから、二人で渋谷のパルコの二階にあったガラス張りの喫茶店で珈琲を飲んだ。

ガラス越しに見る、街の風景の話をしたと思う。記憶の細部は三十七年前のことだからもう欠落しているが、ガラスの前で対面した構図は今も焼きついている。

街々はとほうもなく
遠くまでひろがっていた
ぼくらはとってても熱い息を吐き
とっても苦しい風を吸った

リズムは「と」の頭韻で刻まれ、遠巻きに拡散する都会の中心に立つぼくらは、呼吸することにさえ痛んでいる。

熱い息と書いても、生理的ないやらしさはない。自分の内面を吐露するのではなく、むしろ逆にオートバイのヘルメットの中で息を吐くような、透明な孤独がある。その孤独の新しさが、七〇年に二十歳だったぼくの胸を貫いたのだ。

はっぴいえんどの「ゆでめん」と「風街ろまん」の透き間に、ぼくの中でどういう化学反応が起きたのか、三十七年離れて振り返るとわかったような気がする。

彼の詩集が投げた「風」と「街」を、ぼくなりのやり方で投げ返したのかもしれない。

風はとつぜんに
きみの髪をなびかせたり
木の葉を降らせたりして
すばやく　ぼくたちを侵す
凍ったように大きく見ひらかれる
きみの眼
さけられない明日の陥没湖

これはカ行の頭韻か。数歩離れたくらいの距離から、イメージは揺れ動き、恋人の瞳へと急速に近寄り、最後は陥没した湖にまで吸い込まれる。キュブリックを連想させる映画的な手法だ。

この急速にズームするような視線のスピードがいい。

ある意味、時間を自由自在にコントロールできるかのようだ。表面上はさわやかな言葉遣いをしながら、時折、眼のくらむような深い亀裂を見せる。理想の恋愛詩を見ているようだ。

本人は否定しているが、立原道造と重なるのは建築家と詩人と言うことだけではない。立原の甘い詩にも、書き方こそ違うが似たような亀裂をぼくは読み取るときがある。

それに堀辰雄も加えて、ぼくは日本の、「風の詩人」の系譜ということも連想する。二人との決定的な違いは、舞台が「避暑地」と「街」ということか。

ぼくがはじめて詩と言うものに触れたのは、小学校の高学年のときに、父の本棚にあったボードレールを盗み見たときだった。見つかって「まだ早すぎる」とこっぴどく叱られたが、どうして怒られるのか理由がさっぱりわからなかった。

その中にぼろを着た汚い老婆を賛美する詩があって、なるほど詩とは、目に映る老婆を見ずに、目に見えない過去の美しかった時代の美人を見るのかと教わった。

中学の頃はストラビンスキーつながりで、コクトーなどもかじったが、ぼくは基本的にはロック少年で、何よりも先に音楽があった。

だから、はっぴいえんどを作るとき、「詩」というものに精通していたわけではない。必要だったから、ぶっつけ本番で、無知な青年が無理やりひねり出していたというほうが正しい。

　ぼくがコクトーを好きなのは、彼が紙の上に詩を書くことだけではあきたらずに、小説の上に、映画の上に、バレエの上にまで詩をかいたからだ。

　そういう意味では、ぼくは最初から、音楽の上に言葉をしるしてきただけである。

　渡辺武信はもうひとつ教えてくれた。それは鶴田浩二や高倉健の素晴らしさと日活のアクション映画の面白さだ。その「俗なるもの」への理解と価値観の広さを尊敬する。

　はっぴいえんどを解散して、途方にくれたとき、ぼくもまた歌謡曲という俗なる世界に身を投じることを楽しんでできたからだ。

　ヒットチャートに名前がでるようになって、それまでの友人関係がいちど崩壊したとき、武信氏から届いた手紙に、「君とぼくは風を共有している」と書かれていたのを見て、どんなに勇気づけられたか。

　そういう人間の器の大きさに感謝すると同時に、今はきっと「設計図の上に」詩を書いてるに違いないと夢想している。

(2006.12.15)

「シーツ」のゆくえ

荒井晴彦

渡辺武信さんと初めて会ったのは、八一年の湯布院映画祭だった。『遠雷』上映後のシンポジウムで、私は農家の次男です、私たちの気持を代弁してくれてありがとうございますというような発言に、僕も根岸も東京生まれ東京育ちで田舎と百姓は嫌いです、だからあなたたちの代弁をしようと思ってこの映画を作ったわけじゃありませんと挑発的な受け答えをしたりしていた。すると手を上げた人が、渡辺武信です、みんなが誉めてるように僕もいい映画だと思うんですけど、若い監督と脚本家が若い主人公が結婚して子供を作り家を守っていくという映画を作ったことにちょっと引っ掛かるんですよねと言った。なんでこんなところにあの詩人の渡辺武信がいるんだろうと驚いたが、僕も根岸も独身です、結婚したいなんて思ってもいません、渡辺さんの詩に「ぼくたちの会話がテレビドラマに似てくる日／しわよるのは／夜のシーツとスカートのプリーツだけ／しわよるのは／ぼくらの夢とぼくらの旗だけ」というのがあるじゃないですか、僕は結婚生活にそういうイメージを持っています、だから結婚とか家庭を持つことを前向きなこととして描いたつもりはないんですと答えた。今度、武信さんの詩集を読み返していて気がついたのだが、別々の詩をくっつけてしまっていた。武信さんはその時、暗誦の間違いを指摘しなかった。そして、納得した訳ではないけれどと留保付きで「キネマ旬報」ベストテンの一位に投票してくれた。武信さんとの付き合いはそれからだ。毎年湯布院で会う奥さんの葉子さんと二人の息子信也と哲也、パイプを燻らせている武信さん、絵に描いたような上流の家族だなと思った。小さな兄弟が映画祭の実行委員をやっているのを見ていいなと思った。娘が高校生になった時、説得して実行委員をやらせた。武信さんの真似だった。武信さんはデパートは伊勢丹が好きで地下の食品売場から新館のブルックスブラザースへ回るとか、酒も程々で切り上げるとか生活の決めがいろいろある人みたいで、酒が入るとだらだらと朝まで飲んで翌日の予定をパーにしてしまう俺とは大違いの紳士というか東京の良家のお坊ちゃんがそのまま大人になったような人だった。『もどり川』のシナリオ評を書いてもらい『リボルバー』の時はセットに来てもらって藤田敏八監督と俺と鼎談してもらい、建築学会の催しでは「建築と映画」についてニ人でしゃべった。俺が「映画芸術」を引き受けてからは、原稿料無しで書いてもらっている。そういえば詩の話をしたことがない。武信さんが自分から詩の話をすることはなかったし、俺もシナリオを書くようになってからは詩を読まなくなっていたのだ。

俺が詩を読むようになって間もなく「詩がほろんだことを知らぬ人が多い」と書き出される谷川雁の『鮎川信夫全詩集』の書評にぶつかった。そうなのかと現代詩初心者は思い、ちょっと安心したような気になった。だったら与し易しと思ったのかもしれない。しかし、いま思うに俺は詩を分ってなんかいなかったのだ。初めの頃、小説と違ってすぐ読み終ってしまうのに途惑った。言葉の上を素通りしていくだけなのだ。そのうちにある一行や数行に止まるようになった。しかし、酒場で流れてくる歌謡曲のワンフレーズが酔った心にすっと沁みてくるように、詩もワンフレーズだった。その頃の俺は、生き方を探しているローニンで受験勉強の代わりに名画座と古本屋とジャズ喫茶をうろついていた。そのうち詩集で出会ったフレーズが彷徨いのBGMのように心の中で鳴るようになる。

「恋にも革命にも失敗し／急転直下堕落していったあの／イデオロジストの顰め面を窓からつきだしてみる」（「繋船ホテルの朝の歌」鮎川信夫）

「おれは大地の商人になろう／きのこを売ろう　あくまでにがい茶を／色のひとつ足らぬ虹を」（「商人」谷川雁）

「あさはこわれやすいがらすだから／東京へゆくな　ふるさとを創れ」（「東京へゆくな」）

その『谷川雁詩集』の「私のなかにあった『瞬間の王』は死んだ」「自分の『詩』を葬るためにはまたしても一冊の詩集が必要なのだ。人々は今日かぎり詩人ではなくなったひとりの男を忘れることができる」というあとがきもまたゾクッとするような詩だった。

「おれは小屋にかえらない／ウィスキーを水でわるよう

に／言葉を意味でわるわけにはいかない」（「言葉のない世界」田村隆一）

「胸のあひだからは　涙のかはりに／バラ色の私鉄の切符が／くちやくちやになつてあらはれ／ぼくらはぼくらに　または少女に／それを視せて　とほくまで／ゆくんだと告げるのである／とほくまでゆくんだ　ぼくらの好きな人々よ」（「涙が涸れる」吉本隆明）

「みえない関係が／みえはじめたとき／かれらは深く訣別している」（「少年期」）

「えんじゆの並木路で　背をおさえつける／秋の陽なかで／少女はいつわたしとゆき遇うか／わたしには彼女たちがみえるのに　彼女たちには／きつとわたしがみえない／すべての明るいものは盲目とおなじに／世界をみることができない」（「少女」）

「ぼくたちの愛はひとつの過程をはぐくむ／いや　過程がぼくたちに愛の本質をもたらすのだ／持続することだ、持続すること／ぼくたちは　唯一の持続のなかで／仔猫のようにじゃれあい、身体を寄せあう。」（「愛について」長田弘）

「あなたをとても愛してるの／というきみの言葉が本当に淋しい」「（憎んでもいないのに／なぜ愛してるなどといったりするの？）」（「パッション」）

「ぼくは既にして誰れをも愛していない青年です。／そして、まだ一篇の詩をも書いたことのない／詩人です。／革命をただの一度も経験したことのない国で／輝けるプロレタリアートといったい誰れか／ついに知ることさえできず／しかも美しい革命をひとり夢みてきた、／ぼくは青年です。」（「クリストファーよ、ぼくたちは何処にいるのか」）

「暗い虹を孕んだひとつの瞳は／ぼくらの肺の奥　いっせいに風葬され／六月の記憶をかがやく告発に組織する」（「夜ひらく眼」渡辺武信）

「しわよるのは／夜のシーツとスカートのプリーツだけ／しわよるのは／ぼくらの夢とぼくらの旗だけ／ざまあみろ／めしをたけ橋をかけろ／としはとるな」（「旗」）

「ぼくたちの会話がテレビドラマに似てくる日／またひとつの夏が終っていくことが／まぶしいほどあきらかな日の／ぼくたちの正確すぎる怠惰／短かすぎる水着の娘

たちは笑いすぎる／プールの水は蒼すぎる」（「恐怖への迂回路」）

「恋と革命」をしなくちゃと思った。「記憶」を作らなきゃと思った。学生運動をやろうという目的が見つかって二浪で大学へ入った。自治会室の黒板に鮎川信夫の本を返せと書いてあった。映画研究会の壁には必読文献として大島渚や松本俊夫と並んで谷川雁、吉本隆明、北川透たちの評論集が書いてあった。繋船ホテルって「港町十三番地」にあるんだよとか言ってる奴がいた。六七年十月の羽田で俺たちも俺たちの「青春の死者」を持った。俺は死を賭していたのかとちょっと腰が引ける。草月ホールへクロード・シャブロルの『虎は新鮮な肉を好む』を見に行った時だった。連れの女子大の映研の子が、渡辺武信だわと言うので振り向いた。トレンチコートを着た渡辺武信はカッコよかった。六八年の十・二一新宿のあとの大学祭、『拳銃は俺のパスポート』『競輪上人行状記』『狼の王子』『人間に賭けるな』とかの日活映画を上映することにしたのだが、左翼的でも革命的でもない、異議無しと空気が入るような映画でもないので大学祭のパンフレットにそれらの映画の位置付けを書かなければならなくなり、困った俺は「無数の凡作の集積の中から傑作が偶然生まれてしまう」という渡辺武信のプログラムピクチャー論をパクった。いや、渡辺さんの文章を読んだからそういう企画をしたのかもしれない。上映会はガラガラだった。六九年一月安田講堂陥落。そして恋人との別れ。授業料を酒代にした。詩ではなく歌が沁みるようになる。

「愛を失くして／なにかを求めて　さまよう／似たもの同士なのね／そっとしときよ／みんな孤独でつらい」（「真夜中のギター」）

「ホントのことを云ったら／オリコウになれない／ホントのことを云ったら／あまりにも悲しい」（「フランシーヌの場合」）

ホントのことを言っても世界は凍らなかったのだ。七〇年安保の六月も雨だった。十五日から三日間の闘争。「十五、十六、十七と／私の人生暗かった／過去はどんなに暗くても／夢は夜ひらく」（「圭子の夢は夜ひらく」）　六〇年とは比べようもないほどショボかった。

「恋にも革命にも失敗し」たけれど、岸上大作のようには死ねなかった。まだ何も書いてない俺は死ねないと思った。仲間たちは「〈そこに思想はあるのかい？〉／いいやそこでは長ねぎのかわりに玉ねぎをかったり／鶏肉のかわりにもつをたべたりするのが思想だ／誰とも区別がつかないように生活するのが思想だ」（「〈信頼〉」）という吉本の詩を呟きながら「生活者」になっていった。俺は昼は映画館、夜は酒場で流れる歌を口ずさんでいた。「若かったあの頃　何もこわくなかった／ただ貴方のやさしさがこわかった」（「神田川」）　谷川雁だって東京に来たじゃないかと「東京へはもう何度も行きましたね」（「東京」）と声張り上げたり、日活撮影所も「ニューミュージックマガジン」も落ちたのに「僕は無精ヒゲと髪をのばして／学生集会へも時々出かけた／就職が決まって髪を切ってきた時　もう若くないさと君に言い訳したね」（「『いちご白書』をもう一度」）の「時々」を「いつも」に変えて歌ったり「あの頃の生き方を　あなたは忘れないで／あなたは　私の青春そのもの／人ごみに流されて　変わってゆく私を／あなたはときどき　遠くでしかって」（「卒業写真」）と歌っても叱ってくれる人などいなかった。

渡辺武信だわと教えてくれた女のアパートのトイレの壁に清水哲男の新しい詩が貼ってあった。『蜜月・反蜜月』以来久しぶりに詩集を買った。荒川洋治の『水駅』。「口語の時代はさむい。」（「見附のみどりに」）と言っていた。翌年、三十になった俺は日活ロマンポルノのシナリオを書いた。口語を書く仕事だ。『水駅』が最後に買った詩集だった。

数年後、「ゴダールの映画って　難しくて嫌い／カフェオレを見つめて　不機嫌顔／コルトレーン　聴きながら　煙草をふかしたね／「平和《ピース》」は　ほろ苦い味がしたけど」とカーラジオから流れてきた時、ゾクゾクッとした。「君の部屋のTVで／月に舞い降りる船を見た／哀しいくらいに　憶えているよ／やさしい仕草も　話し方のくせさえ／学生のアジテーション　機動隊の盾が／降りおろされるのを　舗道で見た／何かを変えようと　あせればあせるほど／変わってしまうのは　若さだけだね／青春　明るく暗い／言葉　不思議に今好きになる／や

わらかなシャドウ　瞳閉じれば／あの頃のままの君が首をかしげる／忘れないさ／忘れないよ」南佳孝の「PEACE」という歌だった。詞は松本隆。やっと出てきたんだ、俺たちの「詩」がと思った。俺は映画でその曲を使い、ゴダールが好きな子だった、車道で盾を降りおろされていたと若い女とフリンしている三十男のセリフを書いた。

今度、『続・渡辺武信詩集』のゲラを読んで驚いた。『歳月の御料理』と『蜜月・反蜜月』のあと、どんな詩を書いているのだろうと思っていたのだが『過ぎゆく日々』が八〇年の発行、「昼餐の後に」という追悼詩が九九年、ということは二十六年間で一篇、武信さん、ずっと詩を書いていなかったのか。『蜜月・反蜜月』の「おぼえがき」で詩を書くことの〝困難と苦痛〟を語り「どうやら、ぼくはまた、一つの断層か落盤かに遭遇しつつあるらしい」と書いていた。そして『過ぎゆく日々』の「おぼえがき」では「さらば青春！という感がないでもないが、詩を書くぼくの中の少年は、まだ執拗に成熟を拒んでいるようでもある」と書いている。そうだったのかと思う。翌年の『遠雷』への武信さんの異和感が分ったような気がした。「この闘争は、国家がホームルームとは違うことを象徴的な死という手痛い形で示して終焉する。そしてぼくの世代の人々は既に今風に言えばモラトリアムを奪われる年齢にさしかかっており、それぞれ成人への道を歩み、既成の秩序の中にアイデンティティを獲得していったのだが、それでも多くの人々の意識下に生きのびた少年は、なお、それはかりそめのものであり、自分たちの求める世界は、ここではないどこかにあるはずだ、と感じ続けたのだ。この気持は日活アクション映画のヒーローに仮託されて虚構の時空を遠くさまよったのである」(『日活アクションの華麗な世界』)と書いた武信さんは、人妻と駈け落ちして殺してしまう主人公の友だち、ジョニー大倉を主人公にしたら納得してくれたのではないか。しかし、俺たちはもう破滅する青春には仮託できなかった。武信さんとは内なる少年のあり様が違っていたのだ。立松和平の原作を転向小説として読んだ俺は、主人公は文学や革命のかわりに結婚をやるんだと思った。駈け落ちをヤバイことと思うか、結婚をヤバイことと思うかの違いでもある。俺には普通の人々があたりまえにこなしている結婚の方が簡単じゃないことに思えたのだ。「求める世界は、ここではないどこかにあるはずだ」なんて詮無いとしか思えず、既成の映画的主人公には何も仮託できず、だから三面記事に出るのではなく、三面記事を読む側の狡さと哀しさをやりたいと思ったのだ。そして、ある断念を等身大の主人公に投影したつもりだった。ラストシーンで若い夫婦に斜め三十度で遠くを見させたのが誤解の元だったのかもしれない。「十年間　身動きひとつしないのに／遠くへ来すぎた遠くへ来すぎた」(「夢の鏡・鏡の夢」)と武信さんが書いてから更に十年、「七三年以降は著しく詩作の数が減じた」として「私と同世代の詩人の内の何人かが七三年頃から作風の転換を行なった」、それを「たぶんこの時点で、詩的表現が飽和したのである」「それは、五〇年代から六〇年代へ引きつがれた戦後的抒情表現の飽和なのだ」と書いている。そうか、俺が詩じゃなくて歌詞に捕まえられるようになったのはこの「戦後的抒情表現の飽和」と関係なくもないのではないかと思った。

「『連帯を求めて孤立を恐れず』」という大学闘争のときのスローガン。これが谷川雁の言葉から来ていることを知っていたが、わたしはあえて逆に、『孤立を求めて連帯を恐れず』と言うほうが、六〇年代末期の全共闘運動の感性にはぴったりくると思っていた」と佐々木幹郎が書いているが、俺もそう言いかえてみたことがある。「連帯を求めて孤立を恐れず／力及ばずして倒れることを辞さないが／力尽くさずして挫けることを拒否する」というのは安田講堂にあった有名な落書きだが「君もまた覚えておけ／藁のようにではなく／ふるえながら死ぬのだ／一月はこんなにも寒いが／唯一の無関心で通過を企てるものを／俺が許しておくものか」という落書きもあった。「全ての幻想を拒否せよ。われわれは遠くまで行かねばならないのだ」と書き、末尾に吉本の「ちひさな群への挨拶」を刷ったビラもあった。全共闘は五〇年代、六〇年代の詩人たちの詩（戦後的抒情）によって組織されて詩的闘争を闘ったともいえる。そしてその敗北と共にその「戦後的抒情」は色褪せた。詩もまた敗北したのだろうか。

しかし、同じ「戦後的抒情の飽和」で武信さんは「『私』と周囲の現実が一致していないという意識こそ、戦後的抒情の根拠に他ならない。この根拠を感じとりつついる限り、私たちは、いかに結果としての表現が飽和していようとも、書くことへ押しやられる」と書いていて、俺は頷いている。俺もそうやってシナリオを書いてきたのだと。そして「へたに詩を書けないのだ」と言った荒川洋治に対して、「(書くことは)『生きるために必要』だからであり、こうした必要性の前には、『へたには書けない』ということを、少なくても詩作の第一目標に掲げている余裕はないはずである」とちょっと怒っているが、俺、「生きるために必要」派だけど、シナリオを「へたに書けない」とも思っている。「生きるため」なんて当り前、何の言い訳にもならない、だとしたら「技術」の勝負じゃないかと自分を奮いたたせている。下手だけど切実な映画と上手だけど切実じゃない映画、どっちがと訊かれたら、もちろん前者ですけど、上手で切実な映画を目指している。

武信さんの詩には「シーツ」がよく出てくる。「しわよるシーツ」「しわよっているシーツ」「テトロンのシーツ」「ぼくの抱えこんだシーツより広い平原のへりは」「シーツを身にまとっても　きみは」「猛烈に波打つシーツ」「シーツ一枚はぐれば」「視界を覆って張りつめる白いシーツ」「記憶にぐっしょりと濡れたシーツの上で」「シーツの広さにひとりで泣いた」

九一年八月二十六日、湯布院でソ連共産党解体を報じる新聞を読んでいた武信さんが言った。あの旗は幻の旗だったのか、だね。

武信さんは「私」と周囲の現実が一致してしまったのだろうか。いま武信さんの「シーツ」はどうなっているのか。そして「旗」は。「ぼくたちの旗はまだ見えない」ままですよ。生《なま》武信さんを教えてくれた彼女は十年前に癌で逝ってしまった。死も詩も「青春」だけのものじゃない。「としはとるな」と書いた武信さんも六十九歳。武信さんのいまの詩を読んでみたい。

（2007.1.22）

Gendaishi Bunko

現代詩文庫　186　続・渡辺武信

発行・二〇〇七年七月一日　初版第一刷

著者・渡辺武信

発行者・小田啓之

発行者・株式会社思潮社

〒162-0842　東京都新宿区市谷砂土原町三―十五
電話〇三（三二六七）八一五三（営業）八一四一（編集）八一四二（ＦＡＸ）振替〇〇一八〇―四―八一二一

印刷・三報社印刷株式会社

製本・株式会社川島製本所

ISBN978-4-7837-0962-6　C0392

現代詩文庫

第Ⅰ期　＊人名（明朝）は作品論／詩人論の筆者

1 田村隆一
2 谷川雁
3 岩田宏
4 山本太郎
5 清岡卓行
6 黒田三郎
7 黒田喜夫
8 吉本隆明
9 鮎川信夫
10 飯島耕一
11 天沢退二郎
12 吉野弘
13 長田弘
14 吉岡実
15 富岡多恵子
16 那珂太郎
17 安西均
18 長谷川龍生
19 高橋睦郎
20 茨木のり子
21 安水稔和
22 鈴木志郎康
23 生野幸吉
24 大岡信
25 関根弘
26 石原吉郎
27 谷川俊太郎
28 白石かずこ
29 堀川正美
30 岡田隆彦
31 入沢康夫
32 片桐ユズル
33 川崎洋
34 金井直
35 渡辺武信
36 安東次男
37 三好豊一郎
38 中桐雅夫
39 中江俊夫
40 高野喜久雄
41 吉増剛造
42 渋沢孝輔
43 高良留美子
44 三木卓
45 加藤郁乎
46 石垣りん
47 木原孝一
48 北川透
49 菅原克己
50 多田智満子
51 鷲巣繁男
52 寺山修司
53 木島始
54 清水昶
55 金井美恵子
56 吉原幸子
57 藤富保男
58 岩成達也
59 井上光晴
60 会田綱雄
61 北村太郎
62 窪田般彌
63 辻井喬
64 新川和江
65 吉行理恵
66 中井英夫
67 粕谷栄市
68 清水哲男
69 山本道子
70 宗左近
71 中村稔
72 粒来哲蔵
73 諏訪優
74 続飯島耕一
75 荒川洋治
76 佐々木幹郎
77 正津勉
78 辻征夫
79 安藤元雄
80 藤井貞和
81 大野新
82 犬塚堯
83 小長谷清実
84 江森國友
85 天野忠
86 嶋岡晨
87 阿部岩夫
88 関口篤
89 衣更着信
90 ねじめ正一
91 菅谷規矩雄
92 井坂洋子
93 片岡文雄
94 伊藤比呂美
95 新藤凉子
96 青木はるみ
97 中村真一郎
98 嵯峨信之
99 稲川方人
100 平出隆
101 松浦寿輝
102 朝吹亮二
103 続荒川洋治
104 続藤井貞和
105 続寺山修司
106 吉田文憲
107 瀬尾育生
108 続谷川俊太郎
109 続続谷川俊太郎
110 続田村隆一
111 続続田村隆一
112 続天沢退二郎
113 続続天沢退二郎
114 新井豊美
115 続吉増剛造
116 続続吉増剛造
117 続鮎川信夫
118 続北村太郎
119 続吉野弘
120 続石原吉郎
121 続鈴木志郎康
122 川田絢音
123 続続吉野弘
124 続北川透
125 続白石かずこ
126 続清岡卓行
127 続宗左近
128 牟礼慶子
129 続吉岡実
130 続辻井喬
131 続大岡信
132 続新川和江
133 続川崎洋
134 続清水昶
135 続高橋睦郎
136 続長谷川龍生
137 続中村稔
138 八木忠栄
139 続佐々木幹郎
140 城戸朱理
141 野村喜和夫
142 平林敏彦
143 続渋沢孝輔
144 続那珂太郎
145 財部鳥子
146 続長田弘
147 吉田加南子
148 続清水哲男
149 辻仁成
150 木坂涼
151 田中清光
152 阿部弘一
153 続続大岡信
154 続続鮎川信夫
155 続辻征夫
156 福間健二　瀬尾育生／鈴木志郎康他
157 守中高明　小林康夫／絓秀実他
158 平田俊子　吉増剛造／藤井貞和他
159 村上昭夫　辻井喬／高橋昭八郎
160 広部英一　荒川洋治／岡崎純他
161 白石公子　佐々木幹郎／常盤新平他
162 鈴木漠　塚本邦雄／清水哲男
163 高橋順子　大岡信／池井昌樹他
164 池井昌樹　天沢退二郎／粕谷栄市他
165 続続清岡卓行　清水哲男／辻征夫他
166 倉橋健一　坪内稔典／松原新一他
167 高貝弘也　吉岡実／新井豊美他
168 御庄博実　長谷川龍生／北川透他
169 続吉原幸子　大岡信／多田智満子
170 井川博年　川本三郎／八木幹夫他
171 加島祥造　原満三寿／池崇一他
172 続続吉原幸子　谷川俊太郎／新川和江他
173 続粕谷栄市　横木徳久／野村喜和夫他
174 小池昌代　飯島耕一／井坂洋子他
175 征矢泰子　新川和江／新井豊美他
176 八木幹夫　小沢信男／新倉俊一他
177 続入沢康夫　野村喜和夫／田野倉康一他
178 岩佐なを　城戸朱理／矢川澄子他
179 四元康祐　栩木伸明／谷川俊太郎他
180 山本哲也　吉野弘／北川透他
181 続続辻征夫　清岡卓行／高橋源一郎他
182 友部正人　谷川俊太郎／宮沢章夫他
183 河津聖恵　新井豊美／瀬尾育生他
184 星野徹　笠井嗣夫／武子和幸他
185 山崎るり子　三浦雅士／井坂洋子他
186 続渡辺武信　松本隆／荒井晴彦